無敵浪人 徳川京四郎

二

天下御免の妖刀殺法

早見 俊

N
W E
S
コスミック・時代文庫

この作品はコスミック文庫のために書下ろされました。

目次

第一話　虚飾の再興

一

根津権現《ねづごんげん》の門前町に連《つら》なる武家屋敷の一角に、素浪人の徳川京四郎《とくがわきょうしろう》が住みついたのは、享保十二年（一七二七）の皐月であった。

以来、五か月ほどが過ぎた。住みはじめたころ、この界隈は旗本や御家人の屋敷が軒を連ねており、浪人が屋敷をかまえるとは奇異なため、

「畏れ多くも、公方《くぼう》さまの御落胤《ごらくいん》だってよ」

「公方さまが紀州《きしゅう》のお殿さまだったころに、お手付きになさった湯女のお子だってさ」

などという、まことしやかな噂話が流れた。

紀州のお殿さまだった公方さまとは、もちろん八代将軍・徳川吉宗《よしむね》にほかなら

ない。

じつのところ、徳川京四郎宗道《むねみち》、吉宗の御落胤ではない。

だが姉の子……つまりは甥であった。

したがって、れっきとした徳川家の一門である。

吉宗から幕閣の重職として迎えられたが、京四郎は自由闊達《かったつ》な暮らしを望み、天下の素浪人を自称している。

素浪人としてさまざまな事件や問題に首を突っこみ、いつしか町の人々のあいだで「無敵の素浪人・徳田《とくだ》京四郎」としてちょっとした有名人にもなっていた。

その際、さすがに徳川はまずかろうと、江戸市井では徳田を名乗っていた。

京四郎は、すらりとした長身。月代《さかやき》を残して髷《まげ》を結う、いわゆる儒者髷《じゅしゃ》。鼻筋が通った面差《おもざ》しにあって、切れ長の目がひときわ美麗《びれい》である。

歳は二十五歳で、およそ浪人とはほど遠い貴公子然とした風貌だった。

いまその京四郎の家を、松子《まつこ》という年増《としま》女が訪ねている。

神無月一日、黄落した銀杏《いちょう》と紅葉《もみじ》の葉が、庭を斑模様《まだらもよう》に彩《いろど》る朝であった。

女だてらに読売屋《よみうりや》の主《あるじ》である松子は、二十三歳で瓜実顔《うりざね》の美人。髪は洗ったばかりのような、いわゆる洗い髪。薄桃色地に朝顔《あさがお》を描いた小袖《こそで》が、よく似合っている。

小股《こまた》の切れあがったいい女……なのだが、裾《すそ》から膝《ひざ》や太股《ふともも》がちらりとのぞいて、男どもに色気を感じさせることはない。

それもそのはず、松子は草色の袴《はかま》を穿いているのだ。といって、裾割れを気にしているわけでもなく、このほうが動きやすいからだ。

読売屋は走りまわるのが仕事だ、というのは松子の信条。それを実践するように、草履《ぞうり》ではなく男物の雪駄《せった》を履いている。

もっとも、鼻緒《はなお》は紅色で、そこに女らしさをのぞかせていた。

「松子、なにか心浮き立たせるような出来事はないか」

いかにも退屈だとばかりに、京四郎は言いたてた。

「そうそう、おもしろい事件なんか転がっていませんよ」

松子は鼻白《はなじろ》んだ。

「おいおい、それを見つけてくるのが、読売屋の腕の見せどころだろう」

「ですから、ごろごろと事件なんか起きません。京四郎さまの叔父上さまが、しっかりと政《まつりごと》をなさっていらっしゃるんですからね」

皮肉ではありませんよ、と松子は言い添えた。叔父上さまとは、将軍徳川吉宗であるのは言うまでもない。

「どんなご立派な将軍が治めておろうと、事件は起きるものだ。この世に人が暮らすかぎりな」

京四郎は達観めいた物言いをした。

「そりゃそうですけど……」

「悪徳岡っ引の、なんとか……ええっと、豆粒《まめつぶ》だったか」

記憶をたどるように、京四郎は眉根を寄せた。

「豆蔵《まめぞう》親分ですよ」

松子に教えられ、

「小悪党だから豆粒でいいが、せっかく名前があるのなら豆蔵と呼んでやるか。で、その豆蔵は、おもしろいネタを持ってこないのか」

松子の読売屋、夢殿屋《ゆめどのや》には、ネタを持ちこむさまざまな人間が出入りしている。読売で取りあげたら受けそうなネタもあれば、箸にも棒にも引っかからないネタもある。

内容によって松子は駄賃を支払っているが、まったくの嘘や出鱈目《でたらめ》を持ちこんでくる者も拒《こば》まない。ネタは幅広く受け入れるべきだ。

豆蔵は、十手《じって》にものをいわせ、江戸市中で起きた事件や醜聞を収集して売りこんでくる。京四郎が悪徳と呼んだように、時に十手を金儲けの道具に使っている。

夢殿屋にネタとして売りこむばかりか、強請《ゆす》りも厭《いと》わない。

たとえば、大店《おおだな》の主に隠し妾《めかけ》がいたとすると、女房への口止め料を要求する、といった具合だ。

そういえば、このところ顔を見せませんね、と松子は返した。

「肝心なときに、役に立たぬ奴だな」

京四郎は豆蔵を批難したが、いまがその肝心なときとも思えない。

それでも、

「親分は気まぐれですからね」

などと適当に話を合わせる。

「しかたがない。探しにいくか」

いかにも若殿さまの思いつきで、京四郎は事件を求めて江戸市中に出かけると言いだした。

こうなれば止めても無駄だ。

「お気をつけてくださいね」

松子はお辞儀をした。

ところが、

「松子も来るのだよ。読売屋が、ネタ探しで歩きまわるのは当然だろう」

当然のように誘うと、京四郎は身支度を調《ととの》えた。

ふと、これで読者受けしそうな事件に遭遇したら幸運だ、と思えた。

いつもは松子が仲介者となって、事件や揉め事を京四郎に依頼する。

京四郎は欲深くはないが、けじめとして礼金を受け取る。金額は、相手の素性や事件次第だ。弱い者にはほとんど要求しないが、博徒《ばくと》の親分や強欲な金貸しなど、強くて悪辣《あくらつ》な者からは法外な礼金をふんだくる。

また、弱い者、強い者、悪党にかぎらず、礼金に加えて、これぞという食べ物を求める。

しかも、高級料理屋の豪勢な食膳などではなく、安くて見てくれがよくなくても、京四郎の舌を唸《うな》らせる食べ物であれば上機嫌なのだ。

ところが今回は、松子の仲介でも、松子自身の頼みでもない。ならば、礼金や食べ物のことは考えないで済む。読売のネタ探しに没頭《ぼっとう》すればいいのだ。

そう思うと、松子は俄然《がぜん》やる気が湧いてきた。

ところが、出かけてはみたものの、当然ながら行きあたりばったりで大事件になぞ遭遇するはずもない。これでは、単なる上野界隈の散策だ。

京四郎は華麗な片身替《かたみが》わりの小袖に身を包んでいる。右半身は金糸で飛翔《ひしょう》する二羽の鶴《つる》が描かれ、左半身は決まって牡丹《ぼたん》の花をあしらっている。

亡き母……すなわち将軍徳川吉宗の姉・貴恵《きえ》は、ことのほか牡丹が大好きであった。

幼いころに死別したためか、京四郎の脳裏《のうり》に刻まれた貴恵の姿は、いつも牡丹の花とともにある。

儒者髷を調える鬢付《びんつ》け油と、小袖に忍ばせた香袋《こうぶくろ》が匂いたち、抜けるような白い肌が冬晴れの陽光に輝いている。

うらぶれた浪人とはほど遠い高貴さを漂わせているせいか、京四郎が行くところ、自然と道が譲られる。

「酒でも飲むか」

散策、いや、探索に飽きたのか、京四郎が誘ってきた。

「そうですね」

では、と松子は行きつけの小料理屋に案内しようとした。

が、

「あそこはどうだ」

京四郎は路地に視線を向けた。

路地を入って右手にある縄暖簾《なわのれん》だ。鴨秀《かもひで》と屋号が記された腰高障子は、ところどころが破れている。木枯らしに吹かれて暖簾がまくれあがったままなのは、客の出入りが少ないからだろう。

いかにも、場末《ばすえ》の安酒場の雰囲気を醸《かも》しだしていた。

「ええと、ああ、あそこですか。よしましょうよ。きっと、お酒も肴もおいしくないですよ。とてものこと、京四郎さまの舌を満足させてくれません」

松子は、京四郎の美食家ぶりを理由に躊躇《ためら》った。

「おいおい、松子。酒や肴を楽しもうと出歩いているんじゃないぜ。ああいう、うらぶれた酒場にこそ、事件のネタが転がっているんじゃないのかい」

訳知り顔で京四郎は言うと、すたすたと路地に向かった。

「もう……」

京四郎に振りまわされながらも、松子はついていった。

暖簾をくぐり、京四郎と松子は引き戸を開けようとしたが、建てつけが悪く開かない。松子が、がたがたと戸を動かすが、京四郎は知らん顔である。

「もう、おんぼろね。ほんと、流行《はや》っていないのよ」

京四郎に対する不満を、松子は戸と店にぶつけた。なおも奮闘する松子に、木枯らしが吹きすさぶ。松子は腹を立てるあまり、戸を叩いてしまった。

すると、すっと戸が開いた。

勢いあまって店内に転がりこんだ松子が、思わず怒りの声をあげた。

「ちょっと、戸をなんとかしなさいよ！」

「すまぬな」

店内から男の声がした。

武士の言葉遣いだったので、さては、店のお客に文句を言ってしまったかと相手を見ると、

「あら……」

すらりとした背丈、眉目秀麗《びもくしゅうれい》、まるで役者絵から抜けだしたような男前である。

髷は武士風、月代は青々と剃りあげられている。顔は日に焼けて精悍《せいかん》であり、肩

幅も広く胸板も厚かった。

ただ違和感があるのは、前掛けをしているのだ。羽織は重ねていないが小袖に袴を穿き、腰に脇差を差す武家風の装いゆえ、とりわけ前掛けが奇異に映ってしかたがない。

なにかの座興であろうか。

理由はともかく、

「す、すみません」

松子は謝った。

若侍は、

「入るがよい」

と、声をかけ、店内に入った。

松子は振り返って京四郎を探したが、見あたらない。おやっと思っていると、すでに店の中にいた。店内は、いかにも場末の酒場らしい殺風景さであった。

土間に大きな縁台がふたつ置かれただけで、装飾の類《たぐい》はない。灯りとりの窓から弱々しい日差しが差しこみ、侘《わび》しい光景をぼんやりと浮かびあがらせている。

調理場もないようで、店の隅《すみ》に木の台が置かれ、酒樽《さかだる》と湯呑、肴の入った小皿が並べてあった。

客もいたが、まばらである。

女は松子だけ。侍姿は、京四郎と戸を開けてくれた若侍のふたり。あとは、やさぐれた男たちが三人ばかり、おもしろくなさそうな顔で、黙々《もくもく》と茶碗酒を飲んでいた。

「あの〜ご主人は」

注文をしようと、松子は若侍に問いかけた。

「拙者だが」

ぶっきらぼうに若い侍は答えた。

「お侍さまが……」

松子は戸惑《とまど》ったものの、店の主だとすれば、前掛けをしているのもわかる。

「なににいたす……と申しても、酒と肴は煮豆《にまめ》しかないが。それでよいか」

若侍は言った。

咄嗟《とっさ》に返せない松子に代わって、

「酒と煮豆か。いいではないか」

京四郎が頼むと、松子も同じくと言い添えた。

いかにもわけありな主人である。こうなると、松子の読売屋魂が湧きあがってくる。無愛想《ぶあいそう》に酒と煮豆を運んできた主人に、

「すてきなお店ですね」

と、世辞を言った。

対して、

「すてきのはずがない」

淡々《たんたん》と主人に返された。

それでもめげず、話しかけてみる
「お店の名前はなんですか」

「鴨秀、と記してあったが、そなた、字が読めぬのか」

不快がったのではなく、主人は真顔で問いかけた。そうだった、破れてぼろぼろの腰高障子に、屋号が記してあったのを思いだした。

「ああ、そうでしたね。うっかり見落としていました。ご主人のお名前からとっているのですか」

なおも松子は食いさがる。

「いかにも。拙者、鴨川秀太郎《かもがわひでたろう》と申すのでな」

「やはり、お侍さまですか」

好奇心をいっそう疼《うず》かせたが、鴨川はさっさと離れていった。茶碗の酒は、どぶろくの上澄《うわず》みである。安かろうまずかろうの安酒だ。

上方《かみがた》から江戸に運ばれる下《くだ》り酒《ざけ》は、上物であれば一合三十二文、安くても二十四文である。対して関東地まわりの酒は十二文、どぶろくの上澄み酒ならば、八文であった。

それだけに味は期待できないし、悪酔いしそうである。

おまけに主人の秀太郎は笑顔ひとつ見せず、愛想ひとつ言わず、おおよそ商売っ気のないありさまであった。

「まずいな」

露骨《ろこつ》に京四郎は顔をしかめた。煮豆のことを酷評したのだ。たしかに、固くて塩辛い。味つけの良し悪しを評するまでもなかった。

「行くぞ」

京四郎は茶碗酒を飲み干し、煮豆にはひと箸しかつけずに腰をあげた。酒や肴を楽しむわけではない、と言った言葉を忘れているようだ。いや、覚えていても、京四郎の味覚には耐えられないのだろう。

「まずかったぞ」

遠慮会釈《えんりよえしやく》ない、よけいなひとことをかけ、京四郎は暖簾をくぐった。

「ご馳走さまでした」

松子は勘定を済ませ、京四郎を追いかける。申しわけなさと恥ずかしさで、秀太郎の顔を見られなかった。

それでも、腰高障子を閉めるときに、ちらっと振り返ってみると、秀太郎は無表情で立ち尽くしている。

外は夕闇が迫《せま》っていた。天窓から差しこむ夕日を受けて茜色に染まる秀太郎は、安酒場には不似合いな品格を漂わせていた。

読売屋としての松子の勘は、鴨川秀太郎に事件の匂いを感じ取っていた。

二

松子が営む読売屋、夢殿屋は上野池之端にある。

小上がりになった二十畳ばかりの店内には読売のほか、草双紙や錦絵が並べられている。また、吉原の案内書である「吉原細見《よしわらさいけん》」も最新版と銘打って売りだされていた。

　夢殿屋という屋号は、聖徳太子《しようとくたいし》にあやかっている。聖徳太子が一度に十人以上の訴えを聞いたとされていることから、常に十件以上のネタが集まるよう、太子が寝泊まりをした法隆寺《ほうりゆうじ》の夢殿を店名にしたのだ。

　松子は鴨川秀太郎のことがすっかりと気になっている。侍という身分で安酒場を営んでいる理由は、いったいなんだろう。

　身ぎれいな様子からは、浪人特有のうらぶれた様子は感じられない。といって京四郎のような華麗な装いではないが、武士の清廉さを感じさせる。

　言葉遣いは武士らしい愛想のなさだったが、客に媚びない態度は乱れのない所《しよ》作《さ》と相まって毅然《きぜん》としていた。

　なぜ、浪人をしているのか。おそらくどこかの大名家を離れたのだろうが、それにしたって、糊口をしのぐのならば酒場など営まなくてもいいだろう。

　三日の昼さがり、夢殿屋で思案をしていると、

「おう、いいネタを持ってきたぜ」

と、悪徳岡っ引の、でか鼻の豆蔵がやってきた。

　でか鼻という二《ふた》つ名《な》が示すように、豆を思わせる小太りの身体に丸顔、加えて

大きな鷲鼻《わしばな》が目立つ。

岡っ引稼業、すなわち十手をちらつかせながら、これと目をつけた人物や事件を嗅ぎまわる。もちろん、町奉行所の御用も担《にな》うが、醜聞めいたネタを集めて松子が営む読売屋に買ってもらい、ときにはそれをもとに強請りをおこなう。

善悪は別にして、ネタの正確さもさることながら、野次馬受けするような風聞を提供してくれる、貴重なネタ元ではあった。

豆蔵は鷲鼻をひくひくとさせながら話しはじめた。

「赤穂浪士《あこうろうし》の再来だよ」

いかにも興味の引きそうな文言である。

「赤穂浪士、ああ、仇討《あだう》ちの」

わざと松子はそっけなく返した。

元禄十四年の三月、江戸城松《まつ》の廊下《ろうか》において、播州《ばんしゅう》赤穂藩主・浅野《あさの》内匠頭《たくみのかみ》が高家《こうけ》・吉良上野介《きらこうずけのすけ》に刃傷沙汰《にんじょうざた》に及んだ。城中で刀を抜けば御法度《ごはっと》、有無を言わさず切腹である。

内匠頭は即日切腹、浅野家は改易、吉良はお咎《とが》めなしだった。幕府は当然の沙汰を下《くだ》したのだったが、世評は判官贔屓《はんがんびいき》、内匠頭は悲劇の殿さま、吉良は悪役になった。

赤穂藩家老・大石内蔵助《おおいしくらのすけ》は、内匠頭の弟である大学《だいがく》を擁《よう》して御家再興を働きかけたが叶わなかった。

悲願が夢と消え、大石は主君の仇討ちを決意する。

大石以下、四十七人の赤穂浪士たちは、吉良邸に討ち入って吉良上野介の首級《みしるし》をあげ、見事に内匠頭の仇を討った。庶民はおおいに喝采を送り、大石たちを義士と称えた。

「赤穂浪士の再現というと、お取り潰《つぶ》しになったお大名の遺臣が、どこぞへ仇討ちに動くっていうの」

松子が確かめる。

「あれだよ。昨年、安房国鴨川藩《あわのくにかもがわ》、村木戸佐渡守《むらきどさどのかみ》さまが改易になっただろう」

「ああ、そうだったわね。たしか、お世継ぎが絶えてしまったんじゃなかったかしら」

村木戸佐渡守正俊《まさとし》は、病の床につき、そのまま平癒することなく息を引き取った。正俊には男子がおらず、分家の旗本・村木戸家から、三男の秀太郎正勝《ひでたろうまさかつ》を養子に迎えた。

しかし、家督相続は認められなかった。幕府は末期養子《まつごようし》を認めているが、鴨川藩村木戸家には適用されなかったのだ。

「お大名が死んで世継ぎがいなかったら、あわてて養子を迎えて公儀に届けるっていうのは珍しくはねえさ。表立っては、殿さまが生きている間に養子縁組をしたことにして、亡くなったのはそのあとだって届けるのは、公然の秘密だぜ。ところが、村木戸家にかぎっては認められなかったんだ。そりゃ、村木戸家の遺臣は怒るだろうよ」

賢《さか》しら顔で豆蔵は評した。

と、そこで松子の頭に、鴨川秀太郎の顔が浮かんだ。

まさか……。

「秀太郎さまっておいくつだい」

「そのとき十七ってことだったから、二十だな」

豆蔵は答えた。

年齢は合っている。苗字の鴨川も、藩名から取ったとすれば合致する。

無愛想な商いぶり、毅然とした武士らしい所作、それに漂う品格……本来なら大名となる若さまであったと考えれば、すべてに納得がいった。

大きな記事がものにできるかもしれない、と躍る胸を宥《なだ》めつつ、松子はさらに問いかけた。

「でも、どうして末期養子が認められなかったのよ」

「そこよ」

豆蔵は勿体《もったい》をつけるように、ひと呼吸置いた。

すばやく松子は、帳場机に置いた銭函《ぜにばこ》の蓋《ふた》を思わせぶりに開けた。

「そいつは……」

差しだされた豆蔵の右手を、松子はぴしゃりと払いのける。

「べつに親分じゃなくたって、お大名の事情にくわしいネタ元はいるからね」

顔をしかめた豆蔵は、渋々と口を開いた。

「しっかりしてるね。ま、いいや。語ってやるよ」

末期養子を確認するために、幕府は大目付《おおめつけ》の友川左衛門尉《ともかわさえもんのじょう》忠清《ただきよ》を派遣した。

その友川があろうことか、すでに藩主たる村木戸正俊は死去し、秀太郎を養子に迎えたのは認められない、と幕閣に上申したのだった。

なぜ友川が慣例を破ってまで、馬鹿正直な報告をあげたのかというと、賄賂を拒絶されたからだという。

「まったく、とんだ吉良上野介ってなわけだよ」

とんでもねえお方だ、と豆蔵は友川をなじった。

事の真偽はともかく、浅野内匠頭が吉良上野を斬りつけたのは、賄賂を贈らなかった浅野に対して、吉良が嫌がらせをしたせいだ、と庶民の間ではまことしやかに伝わっている。

「大目付さまの不正ってのは本当かね」

松子は首をひねった。

「本当だろうさ。だって、考えてみねえ。末期養子の届け出で、すでに殿さまが死んでいるっていうのは珍しくねえんだぜ。それが、村木戸さまにかぎって認められなかったっていうのは、いかにもおかしな話じゃないか」

豆蔵の言うとおりだろう。

「それで、親分が買ってもらいたいっていうネタは、なんだい」

「だからさ、いま言っただろう。村木戸浪人たちが、大目付の友川左衛門尉忠清を討ち取るって噂があるんだよ」

なるほど、たしかに聞き捨てにはできないネタだ。本当ならば……いや、真実でなくとも、大勢の読者を獲得できる。読売ばかりか、草双紙《くさぞうし》にも仕立てられよう。

　鴨川秀太郎率いる村木戸浪士を、無敵浪人・徳川京四郎が助太刀し、遺恨を晴らす、あるいは御家再興を成し遂げる……想像しただけで、血沸き肉躍る物語になりそうだ。

　取らぬ狸《たぬき》の皮算用《かわざんよう》を胸に秘めつつ、

「信憑性《しんぴょうせい》があるのかね」

　あえて松子は突き放すような物言いをした。

「あるよ」

　またも豆蔵は右手を差しだした。

「わかったわよ」

　松子は一分金を紙に包んで、豆蔵の前に置いた。

「ま、いいだろう」

　豆蔵は紙包みを袖に入れてから語った。

「世継ぎになるべきだった村木戸秀太郎さまのもとに、浪士たちが集まっているんだ。狙いは殿さまの仇討ちだよ」

　豆蔵は得意げに胸を張った。

それから気を持たせるように一拍置いて、

「で、その秀太郎さまなんだけどな。どこにいらっしゃるのだと思う」

にんまりと笑った。鷲鼻がひくひくとうごめき、自信満々に右手を差しだしてくる。

「おっと、これはとっておきのネタだ。弾《はず》んでもらわないとな」

だが松子は、

「やめとく。あたし、自分で探すから」

と、涼しい顔で告げた。

「ええっ……」

拍子抜けして、豆蔵は口を半開きにした。

「親分、ありがとうね」

話は終わったとばかりに松子は告げたものの、今後のことを思い、

「これ、おまけよ」

と、一朱金二枚を手渡した。

「ま、自分で探せるものなら探せばいいやな」

すまねえな、と受け取ると、豆蔵は腰をあげた。

三

　その日の夕方、松子はふたたび鴨川秀太郎が営む鴨秀にやってきた。鴨川秀太郎が村木戸秀太郎であるのは、間違いないだろう。しかし、その確証が欲しい。幸い、腰高障子はすんなりと開いた。掛け行灯《あんどん》が灯された店内は、薄ぼんやりとした光景が広がっている。

　客はいない。

　秀太郎がひとりで、松子と目が合ったが無言で無表情である。松子のことなど見忘れたのだろうか。

　いや、このむさ苦しい安酒場に、女の客は珍しいはずだ。きっと覚えているに違いない。覚えているが警戒しているのか。それとも、はなから客と親しむ気はないのか。

「また、来ちゃいました」

　松子は愛想笑いを送った。

「物好きな」

つぶやくと、秀太郎は茶碗に酒を注いだ。

「お安くていいですね」

酒を受け取った松子は気さくに語りかけたが、秀太郎は返事をしない。

「鴨川さま……でしたよね。鴨川さまはどうして、この酒場を営んでおられるのですか」

誰もいないのを幸いに、思いきって問いかけた。相手にされなくてもかまわない。相手に嫌がられようとも、事実を確かめるのが読売屋だ。

すると逆に、

「おかしいか」

秀太郎に問い返された。

相手になってくれた、これはいける、と松子は判断した。

「おかしいというか、珍しいですよ。お侍さまが酒場を営むなんて」

松子は言った。

「ほかにやることがないからだ」

ぶっきらぼうに、秀太郎は答えた。

「ご浪人さまですか」

「そうだ」

「どちらの御家中だったのですか」

秀太郎は一瞬の躊躇《ためら》いののち、

「安房だ」

「阿波《あわ》ですか、それは遠国ですね。踊りが盛んでしょう。阿波踊り」

わざと、四国の阿波国と勘違いをし、松子は両手を頭上に置いて阿波踊りを真似た。

するると秀太郎は、くすりと笑った。

「そちらの阿波ではない。房州《ぼうしゅう》の安房だ」

「あら、それはすみませんでした」

踊りをやめ、松子はぺこりと頭をさげた。

初めて見た笑顔である。品格漂う若殿に加え、心優しい若侍という好印象が、松子の胸に深く刻まれた。

「安房のお大名に仕官しておられたのですか」

さらに松子は問いを重ねた。

「まあ、そんなところだ」

秀太郎が答え、ふたたび深い問いかけをしようとしたが、

「すまぬが、店仕舞いだ」

唐突《とうとつ》に、秀太郎は話を打ち切った。警戒心を抱かれたのは明白だった。

「まあ、これは失礼しました」

まだ日暮れ前であるのに、と思ったが、逆らって居座るわけにもいかず、

「ご馳走さまでした」

と、店から出た。

すぐに秀太郎も戸を出て、暖簾を取りこもうとする。

一《いち》か八《ばち》か、村木戸秀太郎の名前を出してみるか、と考えたところで、数人の足音が聞こえた。

そちらを見やると、侍ふたりである。どちらも月代が伸び、無精髭《ぶしょうひげ》を生やした浪人だ。

おそらく村木戸の浪人だろう、と松子は推測した。あわてて松子は、建物の陰に隠れる。

果たして、

「なんだ、おまえたちに用はないぞ」

暖簾を取りこみつつ、秀太郎は声を荒らげた。

「殿、ご決意なされませ」

ひとりが語りかけた。

「工藤《くどう》、何度申したらわかるのだ。わしはいまの暮らしに満足しておるのだ」

冷静に秀太郎は返した。

工藤と呼ばれた男は、もうひとりに向かって、

「川崎《かわさき》、そなたからも殿を説いてくれ」

と、頼んだ。

川崎はうなずくと、

「我ら、公儀の……大目付・友川左衛門尉の不正を暴く準備は、すでに整えておるのです。悲願の御家再興が叶うのは、殿のお気持ち次第でござります。どうか、亡き先君と村木戸家の家臣、並びに家族のために起《た》ってくだされ！」

と、必死の形相で訴えかけた。

「いまさら……藩主になんぞなりたくはない」

秀太郎は乗り気ではないようだ。

「村木戸家の家臣と家族のことも思ってくだされ」

「すまぬが、今日は帰ってくれ」

右手を振った秀太郎に、

「殿、お考え直しくだされ。なにとぞご決意を。どうぞ……」

すがるように川崎が繰り返した。

「くどいぞ」

それでも秀太郎が突き放すと、工藤と川崎は顔を見あわせてから、

「今日は帰ります。ですが、我らは諦めませぬぞ」

そう言い置くと、ふたりはともに歩き去っていった。

秀太郎は唇を嚙み締め、ふたりを見送ってから店に入ろうとする。

そこで松子は、思いきって秀太郎に駆け寄った。

秀太郎はおやっとなって、

「忘れ物か」

と、問いかけた。

「すみません。いまの話、立ち聞きをしてしまいました」

頭をさげる松子を、秀太郎は無言で見返す。

「村木戸秀太郎さまですね」

確かめてから、こちらも素性を明かした。秀太郎は思案するように口を閉ざしていたが、

「中に入ろう」

と、ふたたび松子を店の中に導き入れた。


「いかにも、わたしは村木戸秀太郎だ」

あらためて秀太郎は名乗った。

「昨年、お取り潰しになった安房鴨川藩、村木戸家のお世継ぎさまですね」

念押しをするように、松子は問いを重ねる。

「そのとおりじゃ」

「巷《ちまた》の噂では、村木戸さまが末期養子を認められなかったのは、大目付の友川左衛門尉さまに賄賂を贈らなかったためであったとか」

「そのように家臣どもは信じておる」

秀太郎は微妙な言いまわしをした。

「殿さまはどうお考えなのですか」

「殿さまはやめてくれ……いまはただの浪人じゃ。それに、改易については考え

ないことにしている。いまさら鴨川藩の再興など、叶わぬ夢物語じゃ」

達観した様子で、秀太郎は答えた。

「ですが、さきほどのおふたりのお話ですと、大目付友川さまの罪を暴きたてるとおっしゃっていましたよ」

松子の言葉に秀太郎は、ふたりがかつての藩士……馬廻り役の工藤平治《へいじ》と川崎仁三郎《じんざぶろう》だと明かしてから、

「ふたりが申すことには、根拠がないのだ」

きっぱりと秀太郎は言った。

なんでも、川崎と工藤のふたりは、不正に関して友川の用人《ようにん》、田口三太夫《たぐちさんだゆう》の証言を得たと言っているそうだ。

「それは……有力なんじゃありませんか」

「田口は友川の家を離れておるのだ。それゆえ、田口が罷免《ひめん》された恨みを晴らすために、偽証をしているとも考えられるからな」

冷静に秀太郎は推量した。

「では、じかに田口さまから話を聞けばよろしいのでは」

松子は、自分が代わって聞いてきましょうか、と言い添えた。

「さすがは読売屋であるが、よけいなことには首を突っこまないほうがよい。よもやとは思うが、身に害が及ぶかもしれぬぞ」

やんわりと秀太郎は断った。

「それはご親切にありがとうございます。ですが、あたしも読売屋の端くれ。身に危険を感じても、及び腰にはなりません」

それが読売屋魂です、と松子は言い添えた。

「読売屋の意地か」

ふっ、と秀太郎は微笑んだ。

「ところで、酒場を営んでいらっしゃるのは、どうしたわけなのですか」

気がかりになっていたことを、松子は確かめた。

「さて、ふとした気まぐれだ。というか、わしは村木戸家の分家におったころ、部屋住みの身であった。その時分、ずいぶんと放蕩三昧《ほうとうざんまい》の日々を送っておったのだ。そのとき、こうしたざっかけない店で飲み食いをするのが楽しみであった」

秀太郎は、三男坊のお気楽さと暇《ひま》をもてあまして、しょっちゅう盛り場に出入りをしていたのだった。

「そんな、放蕩暮らしを思いだし、ならば自分でもはじめようと思った次第」

「ご実家にはお戻りにならなかったのですか」

「いまさら戻ったとて、実家もわたしの扱いに窮するだろう」

たしかに、藩自体がお取り潰しになったのだ。秀太郎の実家や兄弟親類も、自分たちのことだけで精一杯だろう。

「ですが、鴨川さまは商いには向いておられないと思います」

松子の言葉に、

「無愛想だからな」

秀太郎は苦笑した。

「おわかりですね」

松子もくすりと笑った。

「わかっていながら、愛想良くできぬ。それが、わたしの欠点だな」

おそらく秀太郎は、不器用な男なのだろう。だが松子は、かえってそこに好感を抱いた。

「ともかく、村木戸浪人が暴走しないことを願うばかりだ」

ぽつりと秀太郎は言った。

秀太郎にすれば、養子入りはしたものの、それが認められなかったわけだ。

つまりは、村木戸本家の家臣たちとは、これまでほとんど接していない。家臣と親しむ間もなく、改易に追いやられたのである。村木戸本家への愛着も忠誠心も薄いのだろう。

考えてみれば、秀太郎は自分の意思とは関係なく、数奇な運命に翻弄されたのだ。いまの世捨て人のような暮らしが気に入ったとしても、不思議ではない。

それはそれでいいのかもしれない。いまさら、窮屈な藩主の暮らしなどしたくはないのだろう。

そっとしておくべきだろうか。

そうだ、京四郎に相談してみるのはどうだろうか。

きっと興味を抱き、場合によっては、大目付の不正を正そうとするのではないか……。

だが、そんなことをしても、秀太郎は喜ばないかもしれないが。

四

明くる四日の昼、夢殿屋に京四郎が姿を見せた。

今日もなにか興味深い事件はないか、と詮索されそうだと思い、

「京四郎さまとご一緒した酒場の主、びっくりの素性だったのですよ」

と、鴨川秀太郎と鴨川藩村木戸家にまつわる話をした。

「大目付の友川左衛門尉、ひどい男ですよ。成敗しましょうよ」

勇んで松子は語ったのだが、

「しかし、肝心の秀太郎に御家再興の意思はないのだろう。友川を成敗したとて、利を得る者はおらぬぞ」

意外にも冷めた口調で、京四郎は言った。

「それはそうですが……」

図星とあって、松子も認めざるをえない。

「それに、友川の用人、田口三太夫とやらの証言だけが頼りというのも、いかにも心もとないな」

なおも冷静に京四郎は言った。

「ひとまず、直に田口から話を聞きましょうか」

松子の提案に、京四郎が返事をする前に、

「ごめんよ」

と、豆蔵が入ってきた。

「おや、京四郎さまもいらしたんですか」

豆蔵は京四郎に、ぺこぺこと頭をさげる。

「相変わらず、あこぎなことをやっているのか」

ずけずけと京四郎が返すと、

「こいつはご挨拶ですね」

と、豆蔵は肩をそびやかした。

「親分、どうしたの。なんだか、顔色がよくないね」

松子が問うと、

「先日話した、鴨川藩の討入りの件なんだよ」

「ああ、やっぱり殿さまの居所を買ってくれっていうのかい」

「違うよ、大目付友川さまの用人、田口三太夫さまが殺されたんだ」

意外なことを豆蔵は告げた。

一瞬、京四郎の眉がつりあがる。

「……本当だろうね」

確かめるように松子が問いかけた。

「あっしゃね、悪いことはやるが、嘘は吐かないんだよ」

自慢することではないが、と言いつつ豆蔵は誇らしげだ。

「その殺しは、どんな具合だったのだ」

意外なほどの京四郎の真剣な言葉に、豆蔵もやや表情をあらためてこれまでの経緯を語った。


今朝、不忍池の畔で、田口の亡骸が発見された。

亡骸は激しい暴行を加えられたあと、袈裟懸けに斬られていた。そのことから、複数の侍が下手人ではないかと疑われている。傷の多さから、田口は拷問されていたのではないか、とも推量されていた。

現在、南町奉行所は、友川左衛門尉に事情を問いあわせているという。

「財布は盗まれていませんでしたのでね、物盗りの仕業じゃない。それに、拷問されていたのが気にかかる……」

豆蔵は言った。

「親分、下手人の見当はついているのかい」

松子が問いかけると、

「さて、これがだ。この豆蔵親分の見るところ、ふたつ考えられるんだな」

勿体をつけるように豆蔵は言葉を区切り、右手を差しだした。

松子はぴしゃりと叩き、

「ネタは買うけどね、親分の推量には金を出さないわよ」

「ああ、そうですかい。凄腕の十手持ちの推量を聞かない手はないと思うんだがなあ」

豆蔵は不貞腐《ふてくさ》れて腰をあげようとしたが、そこで京四郎が短く言った。

「いいから話せ」

「そうですか……」

豆蔵は迷う風であったが、

「おれが凄腕とやらの話を聞いてやろう」

京四郎はさらりと言った。まったくの高慢《こうまん》な言い草だったが、京四郎の口から発せられると妙な説得力がある。

実際、豆蔵は、

「なら、お聞かせしましょうかね」

俄然、乗り気になって語りだした。

「ひとつは、不正を暴かれると恐れた友川さまが、誰かに殺させたんじゃないか。もうひとつは、恨み骨髄《こつずい》の村木戸浪人の仕業、ってことですよ」

得意そうに豆蔵は語ったが、

「なんだ」

京四郎は鼻で笑った。

「どうしました」

心外だとばかりに、豆蔵は目をむいた。

「あたりまえすぎて、がっかりだ。おまえに期待したおれが馬鹿だったよ」

京四郎は澄ました顔で、辛辣な論評を加えた。

「悪かったですね」

むっとなった豆蔵にかまわず、不意に京四郎は言った。

「よし、確かめるか」

「確かめるって、おっしゃいますと……」

「当人にだ。大目付の友川左衛門尉に、おまえが田口を殺した、あるいは殺させたのか、と確かめるのだ」

「そりゃ、無茶ですよ。本人に聞いたって、はい、わたしがやりましたって、打ち明けるわけないじゃありませんか。素人は手出しなさらずに、本職に任せてくださいよ」

豆蔵は腰の十手を抜いた。

「玄人《くろうと》のおまえにしたって、大目付を調べるわけにはいくまい」

京四郎が指摘すると、

「友川さまの御屋敷に立ち入ることはできませんがね。周囲の聞きこみならできますよ。なんたって、殺しの探索というのはですよ、地道な聞きこみの積み重ねですからね」

得意げな豆蔵の言葉を聞き流し、

「松子、行くぞ」

京四郎は腰をあげた。


松子を伴った京四郎は番町《ばんちょう》にある友川左衛門尉の屋敷を訪れ、門番に、

「天下の素浪人、徳田京四郎が会いたい、と取り次ぐがよい」

当然のように告げた。

門番は片身替わりの派手《はで》な着物姿の京四郎を、じろじろと見ていたが、

「急げ」

京四郎に急《せ》かされ、あわてて屋敷内に入っていった。

「大丈夫ですかね」

危ぶむ松子に、

「おまえの出鱈目《でたらめ》な読売のおかげで、天下の素浪人・徳田京四郎は有名人だぞ。友川だって知っているさ」

松子は京四郎がかかわった事件について、読売ばかりか草双紙、さらには錦絵《にしきえ》にまで仕立てている。

はっきりとは記していないが、じつは徳田京四郎という男、将軍家の血筋だとも匂わせていた。

松子がなにも言えなくなっていたところで、果たして、

「どうぞ、お入りください」

門番が馬鹿丁寧《ていねい》な所作で、京四郎を案内した。松子もくっついてゆく。

御殿の客間に通されると、友川と思《おぼ》しき初老の侍が待っていた。

松子は遠慮して、部屋の隅で控えた。

侍は、友川です、と丁重に名乗った。

京四郎も簡単な挨拶を返したが、友川はあえて京四郎のくわしい素性には立ち入らなかった。

友川は、髪が白く細面《ほそおもて》、枯れ木のように痩せた身体だが、旗本として役人の正《せい》道《どう》を歩いてきた自信と落ち着きが、威厳となっている。

「田口の一件ですか」

友川は言った。

「田口殺しは、あんたの仕業か」

いきなり京四郎は問いかけた。松子は思わず声を漏らしそうになった。

「いいえ」

短く友川は否定した。

「そうかい」

京四郎はそれを受け入れる。

友川は続けた。

「徳田殿が、拙者の仕業だと勘繰った理由は、村木戸家改易の一件ですな」

「そういうことだ」

「その件についてですが、世間では拙者が村木戸家に賄賂を要求し、それを拒まれたがために、末期養子不成立を上申したと噂されております」

と、読売屋である松子をちらっと見た。思わず松子は視線を逸らした。

「本当じゃないのかい」

京四郎の問いかけに、

「事実ではありませぬ。拙者は、無理に大名家を追いこもうとしたり、理不尽な賄賂を求めたりなどしませぬ」

「じゃあ、なんでそんな噂が流れたんだ。火のないところに煙は立たないぜ」

「田口でしょう」

「田口がどうした」

「友川家の用人、田口三太夫が、村木戸家に賄賂を要求したのです。拙者の名を騙《かた》って……」

冷めた口調で、友川は答えた。

「ほほう、私腹《しふく》を肥やそうとしたんだな」

「馬鹿な奴です」

友川は渋面《じゅうめん》となって吐き捨てた。

「となると、田口を殺したのは村木戸浪人か」

さらに京四郎は踏みこんだ。

「証《あかし》はありませぬが、拙者はそう睨《にら》んでおります」

そこで思わず松子は声を発した。確かめずにはいられなかったのだ。

「村木戸秀太郎さまが命じた、とお考えなのでございますか」

「さて、わしもそこまではわからぬ。秀太郎殿が命じたのか、家臣どもの暴走なのか……」

松子の問いかけにも、友川は首を傾げ、真摯《しんし》に答えてくれた。

黙りこんでしまった松子に代わって、京四郎が問いかけた。

「そもそもあんたは、村木戸家の末期養子を認めるつもりだったのか。すなわち、藩主正俊殿が亡くなったあとに、秀太郎殿の養子入りを許すつもりでいたのか」

「認めるつもりでした」

躊躇いもなく、友川は答えた。

興味深そうに京四郎が尋ねると、

「どうしてだ」

「波風を立てることはありませぬ。わざわざ好きこのんで、この世に浪人を増やすこともないでしょう。ほとんどの浪人は、江戸に流れてくるものですからな。

江戸の治安が乱れますぞ」

淡々と、友川は持論を展開した。

「なるほど、それが妥当だろうな。田口が私腹を肥やさんとして、末期養子の話を潰してしまったというわけか」

「そういうことになりますな」

「馬鹿な奴だ」

思わず、京四郎も田口をなじった。

「ですが、それもこれも、拙者の不徳のいたすところです」

近日中にも大目付を辞するつもりだ、と友川は言い添えた。

「ままよ。あんたの出処進退《しゅつしょしんたい》は、あんた自身が決めればいいさ」

突き放したような冷笑を浮かべる京四郎。

時として京四郎は、ままよ、ではじまる台詞を発し、空虚《くうきょ》で乾《かわ》いた笑みを浮かべる。そのときの京四郎の心持ちは、いまもって松子にもよくわからない。

そのまま京四郎と松子は、友川の屋敷を去った。


次に、秀太郎の酒場に向かうことにした。ひとまず秀太郎本人を、京四郎に見てもらいたかったのである。

道々、

「友川さまは、毅然としたお侍でしたね」

松子は友川を褒め称えた。

「そうかい」

京四郎はそっけなく返事を返した。

「ずいぶんとつれないですね。京四郎さまは友川さまのこと、信じておられないのですか」

「信じるも信じないもないさ。事の真実は、突き止めてみないとわからないもんだ。一方の話だけを聞いて判断すべきじゃない」

京四郎の言い分は正論だけに、

「ごもっともですね」

松子も反論できなかった。

「秀太郎の話を聞いたうえで判断しよう。おっと、それと、村木戸家の家臣どもの話もだな」

まさしく、京四郎の言うとおりである。

秀太郎の酒場に着いたが、あいにく休業の札が貼ってあった。

「身体の具合が悪くて店を休んでいる、なんてことはありませんよね」

松子は秀太郎の身を心配しながら、京四郎に語りかけた。

「そりゃそうだろう。そんな偶然はあるものか。こうなってくると、田口殺害に関係しているのはあきらかだぜ」

迷いもなく京四郎は断じた。

「どうしましょうか」

松子は周囲を見まわした。

「こういうときこそ豆蔵だ」

京四郎は言った。

「そうですよね。こんな場合こそ役立ってもらわなくちゃ。日頃から高い駄賃を払っている意味がありませんよ……あっ、京四郎さま」

と、台詞の最後に、松子は小声でささやいた。

松子は京四郎の着物の袖を引き、松の木陰へと導く。

「工藤と川崎ですよ」

ふらりとやってきた工藤と川崎は鴨秀の前に立つと、やおら引き戸を叩き、

「殿、開けてくだされ」

と、声をかける。

だが、返事はない。ふたりは顔を見あわせてから、川崎が戸を開けた。

しばらくふたりは店内を探し、

「どこへ行かれた」

ふたたび外へ戻ってきて、工藤が首を傾げる。

「我らから逃《のが》れようとなさっておられるのかもしれぬ」

川崎は嘆いた。

「さて……」

工藤が途方に暮れるように空を見あげた。

そんなふたりを監視しているところで、ふと、京四郎は背後に人の気配を感じた。振り返ってみると、豆蔵である。

「おお、いいところに来たな」

京四郎が声をかけると、

「へへへ、ですからね、あっしはれっきとした十手持ちなんですよ。で、おふた

りはなにをなさってるんです」

誇らしげに胸を張った豆蔵を物陰に引きこみ、

「よし、じゃあな、玄人の腕を見せてもらおうじゃないか」

「なんなりと」

京四郎が命じると、

「あの店の前に、侍がふたりいるだろう。奴らの棲み処を探ってくれ」

「合点でえ」

快《こころよ》く豆蔵は請け負った。

そんなやりとりがあったとは露知《つゆし》らず、工藤と川崎は首を傾げながら、その場を立ち去っていった。

「地獄の底までも追いかけてやるぜ」

豆蔵は張り切って、ふたりのあとをつけていった。

「それにしても秀太郎さま……どこへ行っちゃったのかしら」

松子は秀太郎を案じるように、鴨秀を見つめた。

五

翌五日の朝、夢殿屋に京四郎と豆蔵がやってきた。豆蔵の顔つきからして、尾行はうまくいったようだ。

「どうりで松子の姐御《あねご》も、あっしに居所を聞かなかったはずだ。そもそもの知りあいだったんだな。ただ、今回はそうもいかないぜ。たんまり弾《はず》んでもらおうか。へへへ」

どうやら夢殿屋に来る途中で、豆蔵は京四郎から、これまでの経緯を説明してもらったらしい。

意地汚い顔つきで、豆蔵は駄賃にありつこうとしたが、

「中味次第だよ」

ぴしゃりと松子に言われ、

「しっかりしているね」

嘆きながらも、報告をはじめた。

あのあと工藤と川崎は、下谷にある浄土宗《じょうどしゅう》の寺、宗念寺《そうねんじ》に入っていったという。宗念寺は、村木戸家の菩提寺《ぼだいじ》だそうだ。寺男にそれとなく尋ねてみると、ふたりは住職の好意で、境内にある庵《いおり》に住んでいるという。

「それで、その庵に、続々と侍が集まったんですよ。もちろん、村木戸浪人です。連中、秀太郎さまを担《かつ》いで御家再興のために結集したはいいが、肝心の神輿《みこし》が行方不明となってしまって……こりゃ、安房だけに泡を食ったってね。へへっ」

おもしろくもない駄洒落《だじゃれ》を飛ばし、豆蔵は自分で笑った。京四郎と松子がくすりともしていないのに気づき、表情を引きしめて続けた。

「しばらくしますとね、庵から大きな声が聞こえてきましたよ」

怒声混じりに、工藤と川崎を批難する声が聞こえたのだそうだ。どうやら、秀太郎が行方知れずとなったのは工藤と川崎の不始末だと、村木戸浪人たちは責めたてたらしい。

「そりゃもう、ふたりが気の毒になるような責められようでしたね」

豆蔵は首をすくめた。

「田口殺しについて、連中はなにか言っていなかったのか」

京四郎が確かめると、

「それが……」

そこで豆蔵の勢いが落ちた。

「聞かなかったのかい」

不満そうに、松子が問いを重ねた。

「いや、それがですよ……」

豆蔵は、記憶の糸を手繰《たぐ》るように腕を組んだ。しばらく思案ののちに、

「田口に続いての失態ではないか……そんな言葉が聞こえました」

「田口に続く失態ということは、工藤と川崎が田口を殺したってことかしら」

松子が言うと、

「そうかもしれませんぜ」

豆蔵は同意したが、

「それはおかしいぞ。失態ということは、ふたりが田口を殺したのではなく、なにかへまをして、何者かに殺されてしまったということじゃないのか。なぜなら、工藤たちは田口の証言をあてにして、友川の不正を暴きたてようとしておったのだろう。その肝心の証人をむざむざ失ってしまったことのほうが、よほど失態という言葉がしっくりくる」

京四郎が指摘をすると、

「そりゃそうだ」

調子よく豆蔵は賛同した。

納得したように、松子もうなずく。

「となると田口を殺したのは、工藤と川崎、村木戸浪人ではない……」

京四郎が推量を進めると、

「すると……村木戸家にも友川さまにも関係のない者の仕業ですかね」

松子はあらたな疑問を呈した。

対して豆蔵は、

「だったら、鴨川秀太郎さまなんじゃござんせんかね。だから、姿をくらましたんですよ」

豆蔵は判断を求めるように、京四郎を見た。京四郎が答える前に、

「いったい、どうして秀太郎さまが田口を殺すのよ」

責めるような口調で、松子は問い返した。

「そりゃあれだよ」

案の定、思いつきだけで口に出したようで、豆蔵は言葉が出てこない。

「面倒になったのかもな」

ぽつりと京四郎が言った。

「どういうことですか」

豆蔵が聞く。

「鴨川秀太郎は、御家再興を望んでいない。村木戸本家への思い入れもないのだろう。ならばこれ以上、御家再興を勝手に進められないよう、田口を斬ったとしてもおかしくはあるまい」

京四郎の推量に、

「そりゃ、間違いないですよ」

と、またも調子よく豆蔵は賛同した。

「そうかしら……」

松子は首をひねった。

「秀太郎が人を殺さぬと言いたいのか」

京四郎に問われ、松子は首を縦に振る。

「ずいぶんと秀太郎に肩入れをするな」

苦笑する京四郎に、松子はにっこりと微笑んだ。

「まあ、珍しい。京四郎さまったら、妬《や》いていらっしゃるの」

それを聞き流し、

「なにか、そう思う拠《よ》りどころでもあるのか」

あらためて京四郎は問い直した。

「はっきり、これってわけは言えませんけど、欲がないというか……大名になりたくないから田口何某《なにがし》を殺した、っていう京四郎さまの推量はうなずけるんですけど……わざわざ殺すっていうことすら、しないんじゃないかって思うんですよ。そんな面倒事に手を染めるのは、御免被《ごめんこうむ》りたいんじゃないかしらね」

考え考え、松子は推量を口にした。

すると豆蔵が、

「無欲を装っているだけかもしれませんぜ」

「そんな風には見えなかったわよ。親分は秀太郎さまに会ったことないでしょ」

自分の考えを否定されたと思ったか、松子は強い口調で言い返した。

豆蔵は松子の勢いに押されながらも、岡っ引の意地で反論する。

「そ、そりゃないけどよ。本当の無欲だったとしても、ふと魔が差すかもしれねえぜ。おれはな、十手御用を通じて、真面目一方な男や女が出来心《できごころ》で他人《ひと》さまの財布を盗んだなんて事件を、ごまんと見てきたんだぜ」

「魔が差して、財布を盗むことはあるかもしれないけど……そんな簡単に、人は殺さないでしょう」

ふたりの会話に、京四郎が割って入り、

「豆蔵、秀太郎の行方を探してくれ」

と、頼んだ。

「合点でさあ。お任せくださいよ」

景気づけとばかりに、豆蔵は腰の十手を抜いた。

六

神無月六日、事態は思いもかけない様相を呈《てい》した。

夢殿屋の奥座敷で、京四郎と松子は豆蔵の報告を聞いている。

まず豆蔵は、秀太郎の行方は依然として不明だと言っておいてから、

「それが、おもしろい話を耳にしたんでさあ」

鷲鼻をひくひくとうごめかせた。

「秀太郎さまの行方がわからないからって、ガセネタを買わせようってんじゃないでしょうね」

いまいち信じられず、松子は非難の目を向けた。

「ガセかどうかはわからねえが、姐《ねえ》さん好みのネタだぜ」

豆蔵は自信たっぷりだ。

「大きく出たわね。わかったわ。聞こうじゃない」

松子にうながされ、豆蔵は語りだした。

「まずね、ネタ元を教えますよ。村木戸浪人の工藤さんと川崎さんでさあ」

「秀太郎さまを担ごうって連中のふたりね」

松子が返すと、豆蔵はうなずいた。

あのあと豆蔵は、意を決して工藤と川崎の話を聞きにいったのだという。

「ただじっと様子をうかがうだけじゃ、芸がないんでね、それで思いきって、おふたりに会ったんですよ」

仲間からさんざんに責めたてられたことで、ふたりはすっかりと気落ちをしていた。近所の酒屋で飲んだくれていたところで、突如として十手持ちが現れ、ふたりは最初警戒しながらも、豆蔵の相手をした。

何杯か酒を驕り、愚痴や文句を聞いているうちに、すっかりとふたりは豆蔵に心を許してきたのだという。

「そのころには、すっかりと内情を聞きだしてましてね。それとなく秀太郎さまの居所を聞いてみたのですが、工藤さまも川崎さまも、心あたりと言えば分家くらいだとおっしゃって……やはり行方はわからないってことでしたよ」

ふたりは、どうしても秀太郎さまを見つけたい、と泣きつかんばかりになり、

「それで、あっしに秀太郎さまを探しだしてくれって頼んできまして」

心持ち、豆蔵は得意そうに語った。

「ってことは、親分……工藤さまと川崎さまから駄賃をせしめたのかい」

眉をあげて、松子が聞いた。

「酒が入って気が大きくなったせいか、工藤さまが百両くれるって言ってたよ。もっとも、見つけだした暁《あかつき》にはっていう条件付きだがね。つまり、成功報酬というわけで」

「そりゃ、ずいぶんと太っ腹じゃないの。まさか、真に受けたんじゃないだろうね」

松子は冷ややかに返した。

「馬鹿言うな。あっしだって浪人さんに百両出すって言われて、はい、そうですかって引き受けねえよ。ただ、工藤さまも川崎さまも、武士に二言はない、とおっしゃってくれてね。秀太郎さまを見つけだせば御家再興が叶うって、算段があるんだろう。そうしたら百両とまではいかずとも、たんまりと礼金がもらえるんじゃないかと、あっしは踏んだんだけど……」

自分の推量に自信がないようで、豆蔵の言葉尻が曖昧《あいまい》になった。

たちまち、松子が文句をつける。

「でもさ、頼みの田口さまは殺されたのだから、もはや友川さまの不正を暴きたてることはできないよ。死人に口なしだもの。ということは、御家再興も無理ってことでしょう」

「だからあっしも、御家再興はできないんじゃないかって、疑いを口にしたんだよ。それじゃあ、せっかく秀太郎さまを見つけだしても、百両なんて絵に描いた餅《もち》じゃないかってね」

「そうしたら……」

「さっきも言ったけど、武士に二言はないって工藤さまは言い張ったんだ。それじゃあ話にならないって、あっしも強気に出たぜ」

「それ、舐められてるんじゃないの」

舐められてないよ、と豆蔵は目を逸らしつつ、

「そうしたら、川崎さまが口を滑らせたのさ。村木戸家には、隠し財宝があるってね」

ここにきて、工藤と川崎の本音を引きだしたんだと豆蔵は誇らしげだが、

「また、ガセネタなんじゃないの」

思わず松子は失笑した。

「あっしだってそんときは、そう思ったさ。だがね、落ち着いて考えてみたら、まんざら嘘でもねえんじゃないかってね」

そのときの工藤と川崎の態度が、あまりにも真剣であったらしい。

「姐さん、真偽はともかく、読売のネタにはもってこいだろう」

攻め方を変えたのか、豆蔵は隠し財宝の真偽よりも、ネタとしての価値、つまりネタ提供料に関心を向けた。

「そりゃ、そうだけど……そうね、読売にはもってこいね」

一転して松子は、村木戸家の隠し財宝を儲けのネタとして受け入れた。

「京四郎さまはどう思われますか」

豆蔵に問われ、

「隠し財宝の有無を確かめればいいだろう」

京四郎が返すと、

「どうやって確かめるんです」

豆蔵は首をひねった。

「秀太郎が見つかった、と言って、工藤や川崎、それに村木戸家の浪人どもをおびきだすんだ。そうしたら、おれが問いただしてやるさ」

「そ、そりゃあ、心強いですね」

「村木戸浪人たちは、田口が殺されて御家再興が望み薄になった。それにもかかわらず秀太郎を探しだそうと必死なのは、隠し財宝が関係しているのかもな」

京四郎の言葉に、松子が諸手《もろて》をあげて賛同した。

「きっと、そうよ」

「ってことは、隠し財宝の在処《ありか》を秀太郎さまがご存じということですかね」

豆蔵も京四郎の推量に乗って、考えを示した。

「なら、さっそく今日にも、工藤さまと川崎さまのお住まいを訪ねますよ」

意気込んだ豆蔵に、京四郎が苦笑を返す。

「おいおい、いくらなんでも早すぎるぞ。昨日頼まれて今日見つかったなんて、いくら練達《れんたつ》の十手持ち、でか鼻の豆蔵親分でも、信憑性がないってもんだ」

「そうか。なら、二、三日置きますよ。で、どこにおびきだしますか」

「そうだな……秀太郎が営んでいた、安酒場の鴨秀がいいだろう」

「わかりました」

豆蔵は承知してから、松子に駄賃を要求した。

「はいよ」

松子は一分金を渡そうとしたが、

「弾んでくれよ」

という豆蔵の要求に、

「今日は一分。うまくいったら、もう一分を払うわ」

「姐さんも成功報酬ってわけか。しっかりしているね」

豆蔵はぺろっと舌を出した。

三日後、京四郎と松子は鴨秀にやってきた。

今日は片身替わりの小袖という華麗な装いに加え、腰には妖刀村正《ようとうむらまさ》を差している。

妖刀村正……。

その二つ名が示すように、不吉で呪われた刀だ。

徳川家康《いえやす》の祖父・松平清康《まつだいらきよやす》殺害に使用され、父広忠《ひろただ》も手傷を負わされた。

そして家康自身も、村正の鑓《やり》で怪我をし、嫡男・信康《のぶやす》の自刃《じじん》の際に介錯《かいしゃく》に使われたのも、村正であった。

さらには、大坂《おおさか》の陣《じん》で家康を窮地に追いこんだ真田幸村《さなだゆきむら》も、村正の大小を所持していたという。

徳川家に禍《わざわい》をもたらす妖刀を、京四郎は八代将軍吉宗から下賜《かし》された。

母の貴恵が没して数日後、紀州藩主であったころの吉宗は、敬愛していた実姉の弔問に訪れ、息子の京四郎に仕官するよう勧めた。

だが、京四郎はその誘いを丁重に断った。

その後、吉宗が将軍となると江戸に呼び寄せられ、ふたたび、幕府の重職に就くかどこかの大名になるよう勧められた。

このときも京四郎は、権力にも財力にも興味はなく、縛られる暮らしは嫌だと断った。たびたびの拒絶にも吉宗は怒りを見せず、では我が甥である証に刀を与えようと言った。

望みの名刀、業物《わざもの》を問われ、京四郎は村正を所望した。

さすがの吉宗も村正の伝承を鑑《かんが》みてしばらく躊躇《ためら》っていたが、徳川家に禍をもたらした村正にも打ち勝ってみせます、という京四郎の返答を気に入り、授《さず》けてくれたのだった。


相変わらず腰高障子に貼られた紙には、しばらく休業する旨《むね》が記されている。

その文字は、場末の安酒場には不似合いなくらいに流麗《りゅうれい》であった。

京四郎と松子は、開けにくい引き戸を開け、店の中に入った。

殺風景な空間は、無人ゆえよけいに侘しさを漂わせている。

「相手は驚くでしょうね」

松子はほくそ笑んだ。

「驚きとともに憤激するだろうよ」

京四郎も冷笑を放った。

「殺されるかもしれませんよ。もっとも、京四郎さまには勝てないでしょうけど」

「ままよ、なるようにしかならないさ。落ち着くところに落ち着くよ」

京四郎は、空虚で乾いた笑みを浮かべた。

七

やがて、外から人の声が近づいてきた。

「来ましたよ」

松子がささやくと、

「隠れていろ」

京四郎の指示で、松子は店の隅に移動した。

引き戸が開けられた。

「さあ、どうぞ、入ってくだせえ」

豆蔵が引き戸を開け、工藤と川崎、村木戸浪人たちがぞろぞろと入ってきた。

「殿……」

工藤は人影に声をかけてから、京四郎だということに気づき、

「あの……」

と、戸惑って後ろの豆蔵を探した。だが、すでに豆蔵の姿はない。

「豆蔵」

川崎が外に向かって呼びかける。

そこへ京四郎が声をかけた。

「村木戸秀太郎なら、いまだ行方知れずだぜ」

「貴殿は……」

首を傾げた工藤に、

「あんたたちが村木戸秀太郎を探しているわけは、なんだ」

いきなり京四郎は問いかけた。

「見ず知らずの者に言う必要はない」

帰ろうとする工藤たちを、

「待て」

京四郎は呼び止める。

「なんだ」

むっとして、川崎が問い返す。

「村木戸家の隠し財宝について話してくれ」

またしてもの京四郎の問いかけに、村木戸浪人たちは動揺した。

「貴殿、どうしてそれを……そうか、おのれ、「豆蔵め」

だが、怒りを向けようとした相手の姿はない。

「貴様には関係ない……もしかして貴様、公儀の犬か」

「違う。おれは天下無敵の素浪人、徳田京四郎だ！」

京四郎は啖呵を切った。

工藤たちは京四郎の威勢に気圧され、しばし唖然と立ち尽くしていたが、

「浪人だろうと公儀の犬だろうと、我らに敵対する者ぞ」

川崎が村木戸浪人たちに向かって、大きな声を放った。

京四郎はみなを見まわし、

「おれは、あんたたちの邪魔をするつもりはない。話を聞きたいだけだ」

と、繰り返した。

しかし工藤は険《けわ》しい顔のまま、

「嘘を吐け。我らの望み、村木戸家の御家再興を邪魔するのであろう……そうか、貴様が殿をさらったのだな。まさかとは思うが、お命を奪った……」

言うや、村木戸浪人たちに動揺が広がった。

「おいおい。妙な勘繰りはよせ」

右手をひらひらと振り、京四郎は否定したが、

「問答無用、殿の仇じゃ！」

工藤は叫びたてた。

浪人たちが目を血走らせ、いっせいに刀を抜く。

「無用な殺生は御免だ。だが、どうしてもと言うのなら相手になろう。ただし、ここは刀を振りまわすには都合がよくない。表に出よう」

京四郎が提案すると、

「そんなことを申して逃げる気だな」

川崎が拒絶した。

「あんた、つくづく馬鹿だな。こんなせまいところで刀を振りまわしたら、味方同士が相討ちになるだろう。おれはべつにかまわぬがな」

言い返すと、京四郎はすたすたと歩きだした。腰高障子の前を塞《ふさ》ぐ浪人たちに、

「邪魔だ。どけ！」

と、怒鳴りたてる。

すっかり京四郎の勢いに呑まれ、敵は道を開けた。京四郎は表に出ると、

「おい、ぼけっとするな。早く出てこい」

店内に呼びかけた。

「おのれ、舐めおって」

川崎がいきりたち、仲間を連れてぞろぞろと出てきた。

「締まらない顔をしやがって、それではおれもやる気が出ないだろう。もっと、締まった顔をしろ！」

声をあげるや、京四郎は妖刀村正を抜いた。

「おのれ！」

川崎は大音声を発して抜刀し、大上段に構えた。仲間たちが京四郎を囲む。

漆黒の空から雨が降ってきた。

「方々、不埒《ふらち》な浪人を成敗いたしましょうぞ」

川崎が侍たちをけしかけた。

侍たちは前方に三人、背後に三人が京四郎を狙っている。

雨をつき、前方の三人が斬りかかってきた。

村正の峰を返し、京四郎はふたりの顔面や肩を容赦なく殴りつけた。残るひとりの鳩尾《みぞおち》に、拳を叩きこむ。

あっという間に、三人は地べたに倒れ伏した。

雨脚《あまあし》が激しくなり、泥水が跳ねあがる。

続いて京四郎は大刀を下段に構え、すり足で川崎との間合いを詰める。

川崎は大刀で、京四郎の足を掃《はら》おうとした。

しかし、京四郎は敏捷な動きを見せ、飛び跳ねたり、後ずさったりして巧みに刃をかわす。

「なにをしている」

焦った川崎は、残る三人に声をかける。

背後から三人が、いっせいに襲ってきた。

振り向きざま、京四郎は腰の脇差を抜き放ち、真ん中の敵に投げつけた。

脇差は、敵の太股に突き刺さった。

敵は悲鳴をあげ、腰を落とした。ふたりが仲間の負傷に気を取られている隙《すき》に、京四郎はすばやく駆け寄り、村正を左右に一閃させる。

ふたりの髷が雨空に舞いあがり、ぽとんと水溜まりに落ちた。

川崎が髷を振り乱しながら、斬りかかってきた。

京四郎は腰を落とし、川崎の斬撃に備えた。

頭上から振りおろされた川崎の白刃を、村正で受け止める。

意外にも川崎の一撃はずしりと重く、京四郎は歯を食いしばったが雨で滑《すべ》り、尻餅をつきそうになった。

それを見た川崎は、嵩《かさ》にかかって攻めようと、ふたたび大刀を振りかぶった。

そのとき、

「観念しろ！」

鴨秀から工藤が出てきた。松子の首筋に、大刀の切っ先を突きつけている。

「京四郎さま〜」

松子は切迫《せっぱく》した声で、窮状《きゅうじょう》を訴えた。

「女を楯《たて》にしないと、おれに勝てんか」

京四郎は薄笑いを浮かべた。

「なんとでも申せ。さあ、刀を捨てろ！」

勝ち誇ったように、工藤は怒声を放つ。

「ままよ、性根の腐った者に、つける薬はなし」

雨空を見あげ、京四郎は淡々と言った。

「観念したようだな」

川崎が哄笑を放った。

すると京四郎は、川崎と工藤をきっと睨《にら》み据え、

「冥途《めいど》の土産にお目にかけよう。秘剣雷落《ひけんいかずちお》とし」

と、妖刀村正を下段に構えた。

川崎と工藤は、戸惑いの表情を浮かべる。

京四郎はゆっくりと切っ先を、大上段に向かってすりあげていった。

すると、雨風がやみ、暗闇が支配した。

月も星もないのに村正の刀身が妖艶《ようえん》な光を発し、やがて大上段で止まった。

村正の発する妖光に照らされ、片身替わりの小袖が、目にもあざやかに浮かびあがる。左は白地に牡丹が真っ赤な花を咲かせ、右半身は極彩色で描かれた虎《とら》が吠えていた。

闇夜を切り裂くように、雷光が奔《はし》った。

村正に魅入られたように、川崎が駆け寄ってくる。

京四郎は身動ぎもしない。

川崎が間近に迫った。

次の瞬間、雷光を帯びた村正が横に一閃され、川崎の首を刎《は》ね飛ばした。

泥水にまみれ、川崎の首が地べたを転がる。それを見て松子は悲鳴をあげ、工

藤は松子を突き飛ばして、鴨秀の中に逃げこんだ。

　間髪いれず、京四郎も鴨秀に駆けこむ。

　店内の隅で、工藤は大刀を捨てて身を震わせている。

「京四郎さま～」

　松子は甘えた声を発すると、京四郎に抱きついた。

　お互い濡れ鼠《ねずみ》とあって、雨水が飛び散る。思わず京四郎がよろけてしまうと、
　その隙をついて工藤が逃げだした。

「松子、すまん、どいてくれ」

　と、声をかけてから、松子を軽くついた。松子の身体が離れる。

　次の瞬間、京四郎は腰から脇差の鞘を抜き、工藤目がけて投げつけた。

　鞘は後頭部を直撃し、出入り口の手前で、工藤はばったりと倒れた。

「往生際が悪いな」

　京四郎が近づくと、工藤はよろよろと立ちあがった。すかさず京四郎は抜刀し、
　横に掃った。工藤の髷が土間に転がった。

「ひえ～」

　情けない悲鳴をあげ、工藤は尻餅をついた。今度こそ観念したようだ。

「さあ、白状してもらおうか。田口何某を殺したのはあんただな」

京四郎が問いただすと、

「そうだ」

面を伏せながら、工藤は認めた。

「ええっ……でも、どうして……御家再興にとって大事な人なんでしょう」

松子の疑問に、ざんばら髪となった工藤は、不貞腐《ふてくさ》れるばかりで答えない。

代わって京四郎が、考えを述べたてた。

「御家再興も大事だが、工藤と川崎にとって、もっと大事なのは金だよ」

「隠し財宝ですか」

松子の言葉を受け、工藤は恨めしそうに京四郎を見あげた。京四郎はかまわず、涼しい顔で続ける。

「隠し財産の在処《ありか》は、田口が知っていた。それをあんたと川崎は聞きだそうとした。しかし、話さなかった。おそらく、口を割らせようとして手荒なことをしているうちに、勢いあまって死なせてしまったのだろう。なあ」

京四郎に確かめられ、工藤は重い口を開いた。

「田口は汚い奴だった。賄賂がもらえないとわかるや、秀太郎さまの末期養子を認めないと言いだした。しかも狡猾《こうかつ》なことに、大目付である友川左衛門尉さまの名前を使ったのだ。つまり、友川さまが要求しておられる、と偽《いつわ》ってな」

工藤の顔は、どす黒く歪《ゆが》んだ。

「それで、しかたなく田口に賄賂を払った」

三百両もだ、と工藤が吐き捨てる。

「では、なぜ友川は依然として、末期養子を認めなかったのだ。田口とて賄賂を受け取った以上は、それ以上の妨害はしないだろう。友川は賄賂など関係なく、慣例に従って、秀太郎の養子入りを認めるのではないのか」

「公儀御庭番《おにわばん》の探索で、村木戸家が抜け荷をしておるのが発覚した。友川さまは末期養子の確認と同時に、抜け荷の真偽を探索した。幕吏が城内を隈《くま》なく調べあげた。ところがその手入れを、田口が漏らしてくれた。もちろん、親切心じゃない。分け前を要求された。おかげで最後の尻尾はつかまれなかったが、抜け荷自体は誤魔化せなかったようだな。抜け荷行為を確信されていた友川さまは、臭い物に蓋《ふた》をするかのごとく、藩をお取り潰しにされたのだ」

「なるほど、だからあえて友川も、裏事情は公《おおやけ》にしていないのだな。それでその抜け荷の利益が、隠し財宝ってわけか。いくらだ」

ずばり京四郎は問いかけた。

「三千両だ」

「おいおい、三千両とはたしかに大金だが、個人ならともかく藩をあげてどうこうという金額でもないだろう。隠し財宝とはずいぶんと大仰《おおぎょう》だな。抜け荷の利益がそれだけとも思えぬ」

「もちろん、抜け荷の利益の一部だ。再興を願う我らには大事な資金だがな。公儀が狙っているのはそれだけではない。三千両の千両箱のほうが肝心なのさ」

「千両箱だと……なぜだ」

「ふん、おれもくわしくは知らぬが、どうやら箱のほうに、藩ぐるみで抜け荷をおこなったことを証明する血判状が隠されているらしい。抜け荷にかかわった者たちの間で裏切りが出ぬよう、用心したのだ。公儀はそれを入手し、ぜひとも抜け荷の全貌をつかみたいのだろう。ともかく……田口は三千両のうち、千両を要求した。三百両の賄賂とは別にだよ。まったく、欲深い奴だ」

　これまで抜け荷に加担していた藩の重臣たちは、切羽詰《せっぱつ》まっていた。証拠となる金子と血判状が見つかれば、抜け荷が立証されてしまうだろう。

　そこで田口が、三千両を安全な場所に移す、と言いだしたそうだ。

「公儀の手入れがある前に自分があずかり、絶対に見つからない、しかも安全な場所に隠しておく、と田口は持ちかけてきたのだ」

「あんた、田口を信用したのか」

京四郎の口調には疑念が滲《にじ》んでいる。

「むろん、口約束では済ませなかった。田口三太夫が村木戸家の三千両をあずかった旨《むね》を書き記した書付をもらった」

書付には、田口の署名と花押《かおう》、さらには血判《けっぱん》もあったそうだ。

「つまり、田口が約束を違《たが》えて隠し財宝を盗もうとしても、その書付をちらつかせれば取り戻せると考えたわけだな」

京四郎の言葉に、工藤は首を縦に振ってから、

「しかし、田口はとぼけて三千両の在処を言わない……あげくに分け前を、千両から二千両につりあげたのだ」

村木戸家がお取り潰しになったあと、田口は友川家から追放された。

村木戸家から賄賂を受け取っていたことが発覚し、そればかりか、大目付の用人という立場を利用して、これまでもさまざまな大名家から金をむしり取っていたことが判明したからだ。

友川は田口について、「奉公構い《ほうこうかま》」を出した。

奉公構いとは、主人が他家に回状を出し、召し抱えないでほしい旨を通達するものだった。奉公構いを出された者は、元の主人の怒りがおさまるまで、他家への奉公はできない。

「田口は、村木戸家のせいで家を追いだされたと、我らに責任をなすりつけ、二千両を要求した。書付を友川さまに見せると言ったのだが、もはや家を去った身なのだから痛くもかゆくもない、と開き直った。もはや我慢ならなかった」

工藤と川崎は田口を寺に拉致し、金の在処を問いただした。

「拷問して白状させたんだな」

京四郎が確かめると、そのとおりだ、と工藤は認めた。

「田口はひとこと、秀太郎さまに教えた、と言い残して死んだ」

末期養子が認められずに藩がお取り潰しになったあと、秀太郎はひとり、田口のもとを訪れたらしい。

そして秀太郎は、なにも言わず田口を斬ろうとした。すっかりと怯えてしまった田口は必死に命乞いをし、三千両の場所を教えたそうだ。

末期養子に担ぎだされたばかりの秀太郎は、隠し財宝の存在を知らなかったらしく、たいそう驚いていたが、けっきょく田口の命は奪わずに去っていった。

「清廉潔白《せいれんけっぱく》、無欲なお方だと思っていたが、三千両が手に入るとなれば、人が変わるものだ。御家再興には乗り気でなかったうえに、友川や田口を責めたとて無駄だとわかり、三千両を手に入れようとなさったのだろうよ」

薄笑いを浮かべ、工藤は言った。

「そんなお方じゃない……」

即座に松子が反論した。

工藤はおやっとなったが、哄笑を放った。

「だが、実際にいまになって姿をくらましてしまわれたではないか。田口から聞きだした情報をもとに三千両を探しあて、持ち逃げしたに決まっている」

負け犬の遠吠えのような工藤の笑い声が、夜空に響き渡った。

鴨川秀太郎……果たして工藤が言うように、三千両を持ってどこかへ姿をくらましたのだろうか。

いまの京四郎には、なんとも判断がつかなかった。

第二話　真冬の怨霊退治

一

神無月二十日の朝、徳川京四郎の屋敷に松子がやってきた。

紅色の小袖に紫の袴はいつもの装いだが、洗い髪がほつれ、顔色が悪い。

御殿の居間で、

「なんだ、蒼い顔をして。まるで物《もの》の怪《け》にでも遭ったようだな」

からかったつもりで京四郎は語りかけたのだが、

「そうなんですよ。出るんですよ」

松子はがたがたと震えた。

冬が深まり、寒さが厳しくなっているが、松子の震えは怪談のせいのようだ。

それでも松子の態度はどこか真剣味に欠けていて、もしかすると恐れよりも京四郎の興味を引こうとしているのかもしれない。

京四郎は火箸で火鉢《ひばち》の炭を熾《おこ》して、松子にあたるよう勧めた。

松子は両手を炙《あぶ》ると、安堵の表情となった。

「なんだ、やっぱり寒いだけじゃないか。おいおい、いいかげんにしろよな」

これから嘘話を聞かされるのかと思い、京四郎は鼻白《はなじろ》んだ。

「本当ですって」

心外だとばかりに、松子は言いたてた。

京四郎は小さく息を吐いた。白い息が流れ消えてゆく。

「聞いたんですよ」

相手にしてくれない京四郎への不満から、松子は頬を膨《ふく》らませた。

「聞いた……ということは、松子は物の怪を見ていないのだな」

拍子抜けしたように、京四郎は確かめた。

「でも、ネタ元は信用の置ける人ですよ。京四郎さまも夢殿屋で会ったことがあります。だから、信じてくださいよ」

松子の必死さを見れば、このまま話を聞かないのも気の毒だ。京四郎の理解を得ようと、松子は順序立てて語りはじめた。

三日前の夕暮れだった。

松子は、夢殿屋の近くにある甘味屋の寿庵《ことぶきあん》で休んでいた。牡丹餅が評判で、折に触れ松子は贔屓《ひいき》にしている。店内で飲食ができ、仕事の疲れを癒《いや》すのにもってこいの場所だった。

店内を見まわすと、薬の行商人の銀次郎《ぎんじろう》がいた。

小机《こづくえ》に座り、縞柄《しまがら》の着物を着こみ、脇に大きな風呂敷包みを置いている。

銀次郎は耳聡《みみざと》く、夢殿屋におもしろいネタを持ちこんでくれる。しかも、でかい鼻の豆蔵のようにがめつくはなく、駄賃欲しさというよりは見聞してきたさまざまな出来事を松子に聞かせたいといった、善意あふれる男である。

「銀さん」

気さくに声をかけると、

「ああ、これからお店に立ち寄ろうと思っていたんですよ」

銀次郎は人の好さそうな笑顔を向けてきた。

「あら、じゃあ、手間が省《はぶ》けるじゃないの」

期待に胸を疼《うず》かせながら、松子は小机の向かいに座り、ふたたび牡丹餅とお茶を頼んだ。

「それがですよ、物の怪の出る御屋敷があるんですよ」

さっそく銀次郎は、怪しいネタを披露した。

「まあ」

思わず松子は噴きだした。

「真面目な話なんです」

心外だとばかりに、銀次郎は眉間に皺を寄せた。ここで茶化《ちゃか》すわけにはいかないと表情を引きしめて、松子は真面目に聞く態度を示す。

「その御屋敷というのは、さる御旗本が住んでいらしたんですがね」

旗本の名前はわからないそうだ。

「名無しじゃなんですから、誰言うともなく、大野《おおの》右京《うきょう》って仮の名がついているんですが」

その大野家は、三河以来の名門旗本であったが、右京の乱心で改易になった。いまから五十年ばかり前のことだそうだ。

「ある夜、大野さまは気がおかしくなって、お身内やご家来衆、はたまた奉公人を皆殺しにしたあげくに、自分の首を刎《は》ねたというのですよ」

たしかに凄惨《せいさん》ではあるものの、いかにも作り話めいている。まず、その屋敷には身内や家来、奉公人がどれほどいたのだろう。三河以来の名門旗本であるのならば、二、三十人はいたのではないか。

少なく見積もって十人であったとしても、ひとりで皆殺しになどできるものだろうか。だいいち、殺生沙汰を繰り返す主《あるじ》を、家来が放っておくはずがあるまい。

皆殺しというのは尾鰭《おひれ》がついてのことで、何人かを殺傷したというのなら、まだ理解もできるが、自分の首を刎ねたというのは受け入れられない。せいぜい、首を刺して自害したといったところか。

事の真偽は置いておくとして、銀次郎の話を聞こうと、松子は続きをうながした。

「それで、御公儀はですよ、名門旗本の醜聞を表沙汰にしては体面が悪いというので、闇から闇に葬《ほうむ》ろうと、御屋敷を燃やしてしまったのですよ」

そして焼け跡は、禁足《きんそく》の地とした。

臭い物に蓋《ふた》をするのは、幕府にかぎらず為政者の常套手段だ。それを暴きたて、幕府や権力者の鼻をあかすのが、読売屋の真骨頂である。

闇から闇へ、という言葉が、松子の読売屋魂に火をつけた。松子の目つきが変わったのを、銀次郎も気がついたようだ。

　銀次郎は身構え、

「ところがですよ」

と、つい声が大きくなり、周囲を見まわした。誰もこちらに注意を向けている者はいない。それを確かめてから、

「最近、何人かの男が、屋敷に入って恐ろしい目に遭ったというのですよ」

「ちょいと銀さん、屋敷は燃やしたって言ったじゃないか」

　たまらず松子は、矛盾だと指摘した。

　事実はしっかりと確認する必要があるのだ。こりゃ、言葉足らずでした、と銀次郎は謝ってから続けた。

「屋敷は燃やしたんですがね。大野さまの怨霊を鎮《しず》めるために、祠《ほこら》と神楽殿《かぐらでん》が設けてあるんですよ。なんでも生前の大野さまは音曲をたいそう好まれ、ご自分も横笛を吹いておられたとか。かつての屋敷の跡地は、ちょっとした神社になっているんですね。まあそれがいわば、使われてない廃屋敷というわけでして」

　ここで銀次郎は話に信憑性《しんぴょうせい》を持たせようとしてか、これまでも怨霊封じに神社が建立《こんりゅう》されてきたと言い添えた。例として、大国主命《おおくにぬしのみこと》を祀《まつ》る出雲大社《いずもおおやしろ》、須佐之《すさの》

男命《おのみこと》を祭神とする八坂神社《やさかじんじゃ》をあげる。

「もっとも、常駐する神主《かんぬし》はいませんでね、年に何度か、公儀のお役人、おそらくは寺社奉行さま配下のお役人が人を雇って、掃除をなさっていらっしゃいます。それでも、普段は手入れしていませんからね、庭は荒れているし建物は朽ちていますよ……いえ、見たわけじゃありませんが、そんな噂を耳にしました」

銀次郎は早口にまくしたてた。

荒れ果てた廃神社……まさしく怨霊が棲んでいそうだ。

俄然《がぜん》、興味が湧いてきた。伝えられている醜聞はおおげさだとしても、ある程度の事実には基づいているようだ。

「立ち入り禁止だけど見張りがいないんじゃ、勝手に出入りができるのね」

「そうなんですよ。でも、足を踏み入れたところでなにがあるわけじゃなし、拝んだって、どんなご利益があるのかわかりませんし、ひょっとしたら災いがもたらされるかもしれませんからね。それが、このところ肝試《きもだめ》しをする連中が現れたんですよ。馬鹿な奴らですがね」

「肝試し……」

松子は噴きだした。

「馬鹿でしょう」

銀次郎も苦笑した。

「どういうこと」

松子が確かめると、銀次郎はふたたび語りだした。

大野の怨霊なのか、それとも大野に殺された者たちの霊なのか、苦悶の声が聞こえて、亡霊が出るという噂が広まった。

そこで、屋敷でひと晩を過ごそうという、物見高い者たちが現れた。

「単なる肝試しであれば、馬鹿な連中の物好きなおこないで済むのですが、そうした連中のふたりが、怨霊に殺されたんですよ」

冗談じゃないです、と銀次郎は言い添えた。

「殺された……」

思わず大きな声をあげそうになって、松子は手で口を塞《ふさ》いだ。

周囲を見まわし、ふたたび誰もこちらを見ていないのを確かめてから、

「どういうこと」

落ち着いて問い直す。

「そのふたりはやくざ者で、日頃から粋《いき》がっていたそうなんですが、怨霊を退治

してやるって屋敷に乗りこみ、怨霊に返り討ちに遭ったというわけでしてね。その亡骸たるや、ひどいありさまだったそうですよ」

銀次郎は怖気《おぞけ》を震った。

銀次郎が言うには、亡骸の顔は原形をとどめないほどの醜さであったという。

「相撲取りの張り手を、何十発も食らったようなありさまだったとか」

「ふ～ん」

噂には尾鰭がつくものだが、それにも元ネタがあるものだ。とすれば、ふたりのやくざ者が殺されたのは事実だろう。

「なんでも屋敷の中では、地獄の釜の蓋が開いていて、そこから大野さまに殺された者たちの声が聞こえるそうですよ」

銀次郎は首をすくめた。

「真偽はともかく、おもしろそうね」

「話半分としても、相当に怖い場所ですよ」

銀次郎の考えを受け、

「話のどこまでが半分かわからないけどさ、行ってみようかしら……ねえ、銀次郎さん、一緒にどう。そう、今夜にも」

ここで、松子の読売屋魂が炸裂《さくれつ》した。

しかし、

「いえ、あたしは遠慮しときますよ。触《さわ》らぬ神に祟《たた》りなし……神さまじゃないのかもしれませんけど、怨霊なんて恐ろしいものには、かかわりたくありませんよ。こればっかりは、姐さんの頼みでも、うんとは言えません」

銀次郎はきっぱりと断った。

「無理には勧めないけど……やっぱり実際に行ってみないと、いい記事は書けないわね」

かといって、さすがに女ひとりで忍び入るのは気が引ける。

「こういうときこそ、京四郎さまじゃありませんか」

銀次郎が言うと、

「そりゃそうなんだけどね、今回の場合、お礼をどうすればいいのかしら」

「そりゃ、松子姐《ねえ》さんがするしかありませんよ。読売や草双紙、錦絵でがっぽり儲けてね。元が取れるどころか、大儲けができるネタですよ。怨霊退治なんて、いかにも読売、草双紙受けしますからね」

「それには、京四郎さまに、大野とやらの怨霊を退治してもらわないとね。でも、いるかどうかもわからない怨霊を退治なんて……ま、いいか。怨霊が出なくても、怪しい影とかに遭遇したってことで、読売にはなるものね」

我ながら妙案だと思う反面、そんな誤魔化しの記事で喜ぶ読者がいるのだろうか。そしてなにより読売屋として失格ではないのか、という思いにも駆られる。

松子の心中を察することなく、

「京四郎さまならできますよ」

銀次郎は、とりあえず京四郎に助太刀を求めろ、と繰り返す。

松子が決めかねていると、

「あたしも一緒に頼みましょうか」

親切にも、銀次郎は申し出た。

だが、銀次郎に負担はかけられない。

「わかったわ。京四郎さまに、妖刀村正で怨霊を叩き斬ってもらいましょう」

松子の言葉に、銀次郎もほっとしたような笑顔になった。

ネタの提供料を支払う、と松子は言ったが、

「いえ、今回はいりませんよ」

駄賃を受け取れば怨霊に取り憑かれる、と心配しているかのようだ。

「じゃあ、せめて、ここの払いは任せて」

銀次郎が返事をする前に、松子は勘定を済ませた。

二

「……それで、おれに一緒に肝試しに付き合えというのか」

松子が語り終えると、京四郎は冷笑を放った。

やはり、乗り気ではないようだ。

しかし、なんとしても廃屋敷に一緒に行きたい。

「お願いしますよ」

松子は両手を合わせて拝んだ。

「怨霊が出てこなかったら、どうするのだ」

鼻で笑いながら、京四郎は問いかけた。

それは、松子も危惧《きぐ》していることだった。そもそも、怨霊だの物の怪だの幽霊だのは、夢や幻だと松子は思っていた。まずもって怨霊と遭遇することなどはなかろうが、それでもふたりの死者が出たのはおそらく事実だろう。

怨霊の仕業とは考えられないが、なにか陰謀めいたものがあるのではないか。

すると、その悪企みが読売のネタになる。

「怨霊が出なくても、手間賃をお支払いしますし、寿庵の牡丹餅をご馳走しますよ」

「牡丹餅か……」

京四郎は不満そうに顔を歪《ゆが》めた。

「これ、召しあがってくださいよ」

松子は、土産に持参した牡丹餅を差しだした。大仰《おおぎょう》にも桐《きり》の箱に入れられている。

蓋を開けてみると、ふたつの牡丹餅は目にもあざやかな小豆色。秋の牡丹餅を、彼岸《ひがん》に咲く萩《はぎ》の花になぞらえ「御萩《おはぎ》」と呼ぶが、まさにふさわしい。

「どうです、きれいでしょう。食べるのがもったいないくらい。ほんと、美味しいんですよ。ほっぺたが落ちるくらいに美味いって、評判なんですから」

語るうちに、松子の腹の虫が鳴った。

「どれ」

京四郎も興味をそそられたようで、ひとつをつかんで口に運んだ。がぶりとひ

と口食べてから、

「おお、いけるじゃないか。甘ったるくないな。うむ、ほどよい甘味だ」

と、気に入ったようで、むしゃむしゃとあっという間に平らげてしまった。

残りのひとつを松子に勧めてくれるかもという淡い期待も虚《むな》しく、京四郎はふたつ目もひと息に食べてしまった。

「満足いただけたようで」

恨めしげに松子は言った。

それには返事をしなかったが、

「では、今夜にでもゆくか」

気分が変わったのか、京四郎は引き受けてくれた。つくづく食べ物に弱いお方だ、と松子は内心でおかしくなった。

だがそこで、雨が降りだした。

「あら、雨」

つぶやく間にも雨脚《あまあし》は激しくなり、庭が白く煙《けむ》った。屋根を打つ雨だれを聞きながら、

「晴れた日の夜にしましょう」

松子は言った。

「なんだ、怨霊は雨の日には出ぬのか」

鼻で笑いながらも、さすがに京四郎も面倒なのかうなずいてくれた。


明くる日の夕暮れ、京四郎は松子を伴って、件《くだん》の廃屋敷にやってきた。

腰には怨霊退治に備えて妖刀村正を差してはいるが、荒れ果てた廃屋敷だと松子から聞いたため、片身替わりの華麗な装いではなく、黒小袖に裁着《たっつ》け袴《ばかま》という地味な格好だ。

根津権現の裏手にあり、周囲は竹藪が広がっているだけで民家はない。肝試しの野次馬も見あたらないのは、惨殺死体が見つかって、怨霊を恐れているのかもしれない。

廃屋敷には鳥居ではなく長屋門《ながやもん》が設けられ、練塀《ねりべい》がめぐっている。しかし、その長屋門も練塀も瓦ははがれ、ところどころに穴が空いている。

冷たい風が吹きすさび、いかにも廃屋敷の寂寥感《せきりょうかん》を漂わせている。

つい、松子は及び腰となったが、京四郎は平気な顔で門をくぐった。置いていかれてはたまらないと、松子もあわてて敷地内に入る。

銀次郎に聞いた話では、いかにも庭も荒れていそうであったが、案に相違して手入れがなされている。葦《あし》や雑草などは取りのぞかれたうえに、赤松《あかまつ》が植えられ、小判型の池の周囲には、時節の花々が彩っていた。いまは、菊《きく》が黄色の花を咲かせている。

「なんだ。およそ怨霊の棲み処らしくないな」

拍子抜けしたように、京四郎は周囲を見まわした。

ただ、祠と神楽殿、その他の建屋はみすぼらしい。

「まずは祠に入るか」

京四郎は庭を横切り、祠に向かった。松子も続く。濡れ縁がめぐり、板葺き屋根の質素な建屋である。賽銭箱はない。

階をのぼり、京四郎と松子は濡れ縁に立った。みしみしと板が軋《きし》む音が耳につく。京四郎が観音扉を開けた。

夕陽に薄ぼんやりと照らされた祠内は、板敷が広がるばかりだ。いつもは閉めきっているせいか、建屋の外見ほど室内は汚くなかった。

京四郎は村正を鞘ごと抜いて、真ん中にあぐらをかいた。松子もそばに立膝をついて座る。

しんと静まり返り、ゆっくりと時が過ぎてゆく。

「肝試しの連中は、なにをやって過ごしたんだろうな」

退屈だ、と京四郎は嘆いた。

「さあ……ひょっとして、お酒を飲んで騒いでいたかもしれませんよ。それで、大野さまの怨霊がうるさがって祟り殺したのかも」

自分で言っておきながらそんなことはあるまい、と思いながらも、松子は退屈しのぎに語った。

「そうだな、酒を持ってくればよかったな」

京四郎は仰向けに寝転んだ。

松子が適当に世間話を話す。京四郎は生返事をし、やがて寝息を立てはじめた。

いつの間にか夜の帳《とばり》がおり、闇に覆《おお》われた。

こうなると、松子は心細くなる。怨霊などいるはずがないと思いながらも、暗闇と静寂が恐怖心を掻き立たせる。

京四郎がいなかったら、おそらく逃げだしていただろう。

夜目に慣れ、気持ちよさそうな京四郎の寝顔を、恨めしげに見つめた。

こんなに薄気味悪い場所で、よく寝られるものだ、とため息をついたところで、なにやら音が聞こえてきた。

「な、なに……」

シュウ、シュウ、という奇妙な音……いや、声だ。怨霊の声か、大野に殺された者たちの断末魔の悲鳴か。

立ちあがって耳を澄ませる。

いやいや、気のせいだ。恐怖心が引き起こした耳鳴りに違いない。

落ち着け、と松子は自分に言い聞かせる。

すると、声は聞こえなくなった。

「やっぱり、気のせいね」

安堵のため息を漏らしたところで、「シュウ、シュウ」という声が大きくなり、今度ははっきりと耳朶《じだ》の奥にまで届いた。

「きゃあ～」

悲鳴をあげ、京四郎の肩を揺さぶった。

「なんだ」

寝ぼけ眼をこすり京四郎は起きあがると、村正を腰に差した。

「出たんですよ」

松子が告げると、ひときわ大きな怪音が聞こえた。

「こわ〜い！」

叫ぶや京四郎の手をつかみ、脱兎《だっと》の勢いで観音扉に向かう。火事場の馬鹿力か、松子に引っ張られるまま京四郎も表に飛びだした。

転げるように階をおりると、

「おいおい、落ち着け」

京四郎は松子を諭《さと》した。

「だって、不気味な声が聞こえたじゃありませんか。京四郎さまも聞いたでしょう。怨霊が発する呪いか、殺された者たちの断末魔の悲鳴に違いありませんよ」

心外だとばかりに松子は言いたてた。

「たしかに、おれの耳にも聞こえた。何者なのか確かめるか」

京四郎は祠を振り返った。

「やめておきましょうよ」

すっかり松子は怖気《おじけ》づいている。

「おれひとりで行くよ」

と、京四郎が祠に戻ろうとしたとき、

「きゃあ！」

　松子は絶叫した。

「うるさいな」

　うんざり顔を向けると、松子は恐怖に顔を引きつらせ、赤松を指差している。

　京四郎も視線を移すと、枝が不自然に揺れ、幹の陰から男が現れた。

　またも松子は悲鳴をあげた。向こうもぎょっとなって立ち止まる。

　男は風呂敷包みを背負い、旅装姿であることから行商人のようだ。もしかして銀次郎かと目を凝《こ》らしたが、別人だった。

「ここで、なにをしているんですか」

　目をしばたたきながら、男が問いただした。

「そちらこそ、こんなところでなにをしていらっしゃるのよ」

　松子も問い返す。脅かされたという被害意識からか、強い口調になっていた。

「いえ、その……あたしは物好きで、なんというか、怨霊に祟られているっていう御屋敷がどうにも気になりましてね……そんな気持ちっていうか、野次馬根性を抱くことってよくあるでしょう。もっとも、あたしは野次馬気質が過ぎていますんでね」

うまく説明できないようで、男の話は要領を得ない。ようするに、肝試しにやってくる者たちと同じ穴の貉《むじな》のようだ。

「ここは寒い。あったまろう」

京四郎が言うと、

「では、この近くに、あたしの知っている店がありますんで」

男は飴《あめ》の行商人で、卯之助《うのすけ》だと名乗った。

三

卯之助が勧めた近くの居酒屋は、どこにでもありそうな縄暖簾《なわのれん》だった。

入れこみの座敷にあがると、卯之助が燗酒とするめを炙《あぶ》ってくれるよう頼んだ。

さっそく、卯之助が嬉しそうに語りだす。

「あたしは、物の怪だの妖怪だのが大好きでしてね。それで、行商先で妖怪話を耳にしますと、多少遠まわりになっても立ち寄るんですよ」

松子も素性を名乗って、夢殿屋という読売屋を営んでいると自己紹介してから、

「こちら、徳田京四郎さま」

と、深くは立ち入らずに京四郎の仮の素性も告げた。

次いで、

「卯之助さんも、大野さまの廃屋敷の噂を聞きつけてやってきたってわけね」

松子が確かめると、

「そのとおりなんですよ」

恥ずかしそうに、卯之助は手で頭を掻いた。

京四郎は、卯之助の首からぶらさがった頭陀袋《ずだぶくろ》に目をやった。

京四郎の視線に気づき、

「これですか」

と、卯之助は頭陀袋を首から外した。

そこには、行商先の地図が入っていた。関八州一帯が描かれ、ところどころに丸印が書きこんである。物の怪騒ぎを聞きつけて訪れた土地らしい。

なるほど、卯之助は怪異が大好きなようだ。

「あら、鴨川藩にも行かれたのですね」

松子は、房総半島の先に位置する鴨川藩領に丸印があることに気づいた。

「行きましたよ」

卯之助はうなずいた。

「前の藩主、村木戸さまに関係した物の怪騒ぎですか」

「そうなんですよ。お取り潰しになった恨みを抱いた前藩主・村木戸佐渡守正俊さまの怨霊が取り憑いている神社がありましてね。足を運んできました」

「どうでした……出ましたか」

「いいえ」

卯之助が否定したところで、燗酒が入ったちろりと、炙ったするめが運ばれてきた。

まずは身体を温めようと、三人は手酌で酒を飲んだ。恐怖と寒さでかじかんだ身も心も癒され、松子は生き返った心地がした。

「あれですか、松子さんは読売のネタ拾いですか」

卯之助の問いに、

「あたしたちは、ただの見物じゃありませんよ」

思わせぶりに松子は京四郎を見た。

「と、おっしゃいますと」

卯之助は、京四郎と松子の顔を交互に見る。

「京四郎さまがね、怨霊を退治なさるのですよ」

「へ〜え、こりゃ、おみそれしました。ということは、とてもお強いんですね」

まじまじと卯之助は、京四郎を見返した。

「おぬしは、怨霊がまことにおると思うか」

京四郎は卯之助に真顔で問う。

「さて、どうでしょうな」

卯之助は首をひねった。

「方々で、妖怪屋敷やら寺を見ておるのだろう。これまでに、怨霊や妖怪の類には遭遇しなかったのか」

京四郎は問いを重ねた。

「出た！　と思ったこともありましたが、落ち着いてみると、怖がるあまりに見た気になっただけかもしれません。でも、懲りずに怖いもの見たさで、足を運んでしまいます」

こればかりはやめられません、と卯之助はちろりを持ち、京四郎に酌をした。

やがて酒を飲み終わり、三人は表に出た。

今夜は下弦の月夜とあって、子の刻（午前零時）になるまで月はのぼらない。

それでも、冬の夜らしい澄んだ夜空に、満天の星が瞬いている。

怨霊の恐怖を忘れたように、松子は星空を見あげた。

と、そのとき、京四郎は妖刀村正を抜き、卯之助に斬りつけた。

「きゃあ～」

松子が今夜何度目かの悲鳴をあげる。

が、驚くことに刃は空を切った。突如として消えた、と松子は思ったが、見まわすと卯之助の身体は宙を舞っていた。

着地するや、とんぼを切る。

まるで軽業《かるわざ》である。

「見事だな」

大刀を鞘におさめる京四郎を、卯之助は無表情に見据える。

松子は唖然となって、ふたりを見ていた。

「あんたの素性を聞こうか」

京四郎が問いかけると、卯之助は京四郎の面前に片膝をつき、

「公儀御庭番・兵藤《ひょうどう》卯之助にござります。畏れ多くも上さまの甥御、徳川京四郎さまでいらっしゃいますな」

と、素性を明かしてから頭をさげた。

そうだ、と答えてから、

「御庭番は飴売りの行商人に身をやつして探索をおこなう、と叔父上から聞いたが本当であったな」

京四郎は納得した。

松子は興味津々の顔になり、

「御庭番……へ〜え、卯之助さんは御庭番なんだ。あたし、生まれて初めて御庭番に会ったわ。御庭番というのはあれでしょう。伊賀《いが》とか甲賀《こうが》のような忍者でしょう」

と、興奮して問いかけた。

御庭番は八代将軍徳川吉宗によって創設された、将軍直属の諜報組織である。吉宗は、紀州藩主から将軍家を相続した。将軍となるにあたり、紀州藩から二百余名の家臣団を連れてきた。その家臣団のうち、「薬込役《くすりごめやく》」と呼ばれた十六名が御庭番となる。

薬込役とは、元来は紀州藩主の鉄砲に弾薬を詰める役であったが、藩主が外出する際には、その身辺を警護するようになった。これが発展し、吉宗の代には、諸国を探索する役目を担《にな》うまでになっていた。

したがって、御庭番もおのずと将軍警護、諸国探索の役目を担っていく。

薬込役十六名に、馬の口取り役だった一名を加えた十七家が、代々世襲で御庭番を継承した。のちに、十七家のなかから分家した別家九家も編入され、天保のころには二十六家が御庭番家筋を形成している。

御庭番の役目は、表向きは江戸城中の警護である。ふだんは天守台《てんしゅだい》近くの庭の番所に詰め、火のまわりや不審な人間の出入りに目を光らせた。

ところが裏の顔は……というより、こちらのほうが本職なのだが、将軍のための諜報活動である。

そのなかでも、江戸向地廻《えどむこうちまわ》り御用と呼ばれる江戸市中を探索するものと、遠国《おんごく》御用といって諸大名の国元を探索する役目があった。

江戸府内で活動しているということは、卯之助は江戸向地廻りの御用を担っているのか、と京四郎は思った。

卯之助は立ちあがり、

「我らは戦国の世の忍びとは違う」

と、松子の期待を裏切るように否定した。

てっきり、忍者のような御庭番を読売に書けると期待したのだが、

「手裏剣を投げたり、分身の術を使ったりはなさらないのですか。忍術は身につけていらっしゃるのでしょう」

気落ちした松子が問いかけると、

「戦国の伊賀者、甲賀者の活躍も、ずいぶんとおおげさな物語だ。講談、草双紙のなかの話だな」

卯之助は苦笑混じりに答えた。

「なんだ、がっかり」

「で、公儀御庭番が、怨霊屋敷を探索していたわけを聞こうか」

京四郎が問いかけた。

「怨霊退治でございます」

即座に卯之助が答えると、

「驚いた。御庭番は妖怪退治もなさるんですか」

途端に松子は口をはさんできた。

「冗談です……いや、まんざら冗談ではありませぬな。屋敷の怨霊話を利用する悪党どもを、成敗するのですから」

真顔で卯之助は答えた。

「くわしく話してくれないか」

「……この屋敷には、鴨川藩村木戸家の財宝が隠されておるのです」

思わぬところで村木戸家の名前が出たところで、

「まあ」

松子は驚きの声をあげた。

「村木戸家の隠し財宝か……だが、そんなものは絵空事ではないのか」

鴨川秀太郎や、村木戸浪人の工藤や川崎とかかわった経緯は黙っている。

「根も葉もないことではありませぬ」

卯之助が返すと、

「ああ、そうか。あんた、鴨川藩にも物の怪見物に訪れていたが、抜け荷を探索していたんだな」

京四郎の問いかけに、卯之助はうなずいた。

大目付・友川左衛門尉に、村木戸家の抜け荷に関する報告をした御庭番とは、卯之助だったのだろう。

ここで卯之助が頭をさげた。

「じつのところ、あなたさまと村木戸浪人どもとのかかわり、存じております。隠し財宝を奪わんとした工藤と川崎を、よくぞ退治してくださいましたな」

「成り行きでああなったまでよ。それよりあの廃屋敷に、本当に村木戸家の財宝……つまりは、抜け荷で儲けた金子と千両箱が隠されているのか」

「間違いないと存じます」

「なぜわかったのだ」

京四郎の問いかけに、松子も興味津々の目をした。

「目安箱に投書があったのです」

目安箱とは、将軍吉宗が広く政に関する意見を聞くために設けた投書箱である。江戸城辰の口に所在する評定所の前に設置され、誰でも投書できたが、投書人の名前と住まいが記していないものは無効とされた。

投書により、無料の医療施設である小石川養生所《こいしかわようじょうしょ》が開設されたのは有名だ。

「何者からの投書だ」

問いかけてから京四郎は、「ああ、村木戸秀太郎か」と先まわりで納得した。

「ご明察のとおりです。投書には村木戸ではなく鴨川秀太郎、と記してありましたが」

「秀太郎は、友川左衛門尉の用人、田口三太夫から隠し財宝の所在を聞きだした、と工藤は申しておったが……どうやら、本当であったのだな」

京四郎は、秀太郎の無愛想な顔を思いだした。

「やっぱり、秀太郎さまはお金を掠め取って逃げたりなさらなかったのね」

自分の見る目は間違っていなかった、と松子が誇った。

「惚れた男への贔屓目《ひいきめ》だろう」

京四郎のからかいに、松子はむっとなり皮肉を返した。

「ちょいと、言葉が過ぎますよ……あたしは、秀太郎さまの無欲さに感じ入ったんです。同じ浪人さまでも、礼金や美味い食べ物にこだわるお方もいらっしゃいますけど……」

いっさい、京四郎は気にかけることなく、

「話を続けてくれ」

と、卯之助をうながした。

一礼すると、卯之助は語りだす。

「村木戸家は、抜け荷で得た金子を鴨川城内に秘匿しておりましたが、京四郎さまもご存じのように、調査の寸前に田口三太夫が持ちだしました。証拠を隠すためです。ですが結局のところ御家取り潰しは免れず、村木戸家はすべての金銀財宝を公儀に渡しました。だが肝心の千両箱は出てこず、抜け荷の一件は有耶無耶《うやむや》になってしまい、表向きはこれで事は済んだのですが……」

「ちょっと待て、そなたは村木戸家の抜け荷のことを、友川以外には報せてないのか。友川がそなたの上司というわけではなかろう」

縄張り意識だろうか、と思いつつ京四郎は聞いた。御庭番として知りえた情報は、限られた者にのみ伝えられるのかもしれない。

京四郎の心中を察したようで、

「いえ、公にはしていないものの、むろん、抜け荷の一件は、加納《かのう》さまに報告しました」

加納さまとは、御側御用取次《おそばごようとりつぎ》の加納久通《ひさみち》である。加納は、吉宗が紀州藩主であったころからの側近で、御側御用取次は将軍と老中の間をつなぐ重職である。

吉宗以前の将軍のうち、五代綱吉《つなよし》、六代家宣《いえのぶ》、七代家継《いえつぐ》は側用人《そばようにん》を置いた。

側用人は、御側御用取次と同様、将軍と老中のつなぎ役で、身分は大名であり老中と同格であった。そのうえ将軍に近い位置にいることから、老中以上の権力を誇った柳沢吉保《やなぎさわよしやす》、間鍋詮房《まなべあきふさ》といった側用人もいた。

吉宗は側用人が老中以上の権力を握るのを嫌い、側用人を廃し、代わって設けたのが御側御用取次で、身分は旗本、したがって老中よりも下位である。

それでも、御側御用取次は御庭番を統括する立場上、豊富な情報を得ることができた。さまざまな情報を握り、将軍吉宗の側近という立場から、加納は老中からも一目《いちもく》置かれている。

「加納さんは、それを握り潰したのか」

京四郎が問うと、

「そうではないと思います。加納さまは穏やかで誠実なお人柄ゆえ、御老中方とも良好な関係を築いておられます。村木戸家の抜け荷について、内緒にしておったとは考えにくいですな」

「ああ、そうだったな。そもそも大目付の友川左衛門尉は、末期養子の見届けと同時に抜け荷の調査もしたんだったな」

「表向き、抜け荷はなかったことになったのですが、公儀は威信に賭けて事件の追及に躍起になりました。なにしろ、ものは抜け荷という重罪です。それとなく他藩に事情が漏れれば、幕府として示しがつきません。その探索をもっとも強力に推進なさったのが、大目付の友川左衛門尉さまです。田口が抜け荷に加担したのが判明し、暇を出すのと同時に、抜け荷の証拠となる三千両……いえ、そこに隠された血判状の行方を、本格的に追及しはじめました」

「実際はその三千両、田口が盗んだのだろう。であれば、そのときに厳しく詮議しなかったのか」

「残念ながら、田口はのらりくらりとして口を割りませんでした。おそらくは公儀を舐めていたのでしょう。ですが、奴とてひとりだけで事を進められるはずもありません。どうやら実行集団として、鮫蔵《さめぞう》一家という海賊盗人の手を借りたようなのです」

海賊盗人とは、房州の漁師崩れの荒れくれ者たちであり、卯之助の調査によって、田口と鮫蔵が深くかかわっていたことが判明した。

「つまりは、最初に金の隠し場所を知っていたのは、指示をした田口と、それを実行した鮫蔵一家だけというわけか。そして次に秀太郎に脅されて口を割り、あげくに工藤と川崎に捕まって殺されてしまったということか」

なんて馬鹿な奴だ、と京四郎は吐き捨てた。

「田口が殺され、もはや抜け荷の全貌解明の糸口は、鮫蔵一家しか残されておりません。証拠がそろわぬ以上、鴨川藩の遺臣たちも決して口を割らぬでしょう。

抜け荷にかかわったとなれば、この先、他の藩への仕官も叶わない。事情を知っている重臣であればあるほど、藩の秘密は明かさないはずです」

「しかし、友川さんの奮闘虚《むな》しく、いまだ鮫蔵は捕まっておらんのだな。田口への詮議といい、こう言っちゃあなんだが、友川さんは甘いんじゃないのか」

遠慮会釈《えんりょえしゃく》のない京四郎らしく、友川の手腕をあげつらった。横で松子が、はらはらとしている。

反論できないのか、卯之助は口を閉ざしたが、

「それが……」

と、もごもごと口の中でつぶやいた。

「どうした、かまわねえよ。腹にあることをなんでもぶちまけろ」

京四郎が踏みこむと、

「これは、あくまで噂ですぞ」

卯之助は断りを入れてから、

「笛吹けども踊らず……と言いましょうか。友川さまが号令をかけても、配下の者は熱心に探索しなかったようです。と、言いますのは、ご存じのように友川さまには悪い噂がありました。実際は、田口が自分の不正を友川さまに負わせてい

たのですが」

「賄賂を要求して断られたあげく、末期養子を認めなかったということだな」

京四郎の答えを、卯之助はため息混じりに続けた。

「そうです。それで配下の者たちのなかには、隠し金子を見つけても、結局は友川さまの懐に入るのではないか。いや、それどころかすでに鴨川藩の家財にも手をつけていて、その疑いの目を逸らすために抜け荷の追及に躍起になっているのではないか……そんな勘繰りが生じていたというのが、実状なのです」

「そんなありさまじゃ、鮫蔵一味も三千両も見つかるはずもないな」

腕を組んで、京四郎は返した。

「まったくです。つくづく田口三太夫という男、卑劣な輩でした」

卯之助は田口をなじったが、

「だがな、そんな田口を用人にしていたのだから、友川左衛門尉も責任を問われようし、家来を見る目のなさを責められるべきだな」

京四郎は辛口の友川評を述べたてた。

思わず卯之助が面を伏せたところで、

「で、あの廃屋敷に金子が隠されていると……いや、待てよ。手の届かないところへ隠したところで、不安になるだけだろう。ということは、あのぼろい建屋が鮫蔵一家の巣窟《そうくつ》というわけか」

京四郎は周辺を見まわした。

「間違いないと存じます」

卯之助が答えると、京四郎は眉根を寄せた。

「どうして、わかったのだ。それも秀太郎の投書か」

「いえ、あの屋敷に入って死んだという、ふたりのやくざ者がおりまして」

卯之助の言葉に、松子が口をはさんだ。

「それって、醜い顔で見つかったという亡骸ですね」

「そうです。そのふたりは、鮫蔵一味だったのですよ」

卯之助は言った。

「たしかなのか」

京四郎が念を押すと、卯之助は深くうなずいた。

「間違いありません」

「やけに自信があるな」

「死んだふたりの胸には、鮫の彫り物があったのです。もしやと思い、奉行所の知りあいの伝手《つて》で、ひそかに聞きだしました」

鮫蔵一家はみな、小さな鮫の彫り物を入れているのだという。

「なるほどね」

納得したように松子はうなずいてから、「これはいける」と小さく漏らした。

鮫の彫り物をした海賊一味とは、いかにも読者受けがする、と算段をしたのだ。

「おおかた、鮫蔵を出し抜いて、隠し金を奪おうとでも企んだのだろう。仲間割れということか」

京四郎の推量に、

「そのとおりです」

はっきりと卯之助は答えた。

「すると、殺したのは鮫蔵か」

「そう考えてよいと思います」

こうなると、松子の好奇心はおさえられない。

「鮫蔵はそんな凶暴な男なんですね。裏切ったといえ、手下だった者たちを見分けのつかないくらいに痛めつけて殺すなんて」

「なんといっても海賊の頭《かしら》であるからな。裏切り者は容赦しないのだ」

わざわざ卯之助が答えてくれた。

「だが、顔面の形が変わるほどに惨《むご》たらしく殺したわけはなんだ」

京四郎の問いかけに、

「見せしめの目的が大きいのではないか、と」

当然のように卯之助は言ったが、

「そうかな」

京四郎は納得できないようだ。

「腑に落ちませぬか」

「そんな目立つことをすれば、この屋敷にはやはり怨霊が棲みついているのだと市井の者は怖がるかもしれぬが、あんたのような公儀の探索方の目は、かえって引きつけるだろう。実際、あんたはここを鮫蔵の隠し金の在処《ありか》だと見当をつけて、やってきたのだろう」

「そうなると……鮫蔵は、よほど自信があるのかもしれません。自分を追跡してくる者を、むしろ縄張りにおびき寄せているつもりなのか」

「ううん、そうかな……」

なおも、京四郎は腑に落ちない様子であった。

「これから、どうなさるのですか」

松子が確かめると、卯之助は屋敷を見やりつつ答えた。

「しばらく見張ることになるな」

「鮫蔵の捕縛も大事だが、隠し金と血判状の回収も重要な役目なんだろう」

京四郎の問いかけに、

「そのとおりです」

「あの屋敷内のどこにあるのかは突き止めたのか」

「まだです」

「ならば、公儀で人数をそろえ、敷地内を虱潰《しらみつぶ》しに探せばいい」

もっともらしい京四郎の考えに、

「そうなのですが……」

卯之助は顔を曇らせた。

「どうしたのだ」

「はっきりとした証がないかぎり、御庭番の探索への人数投入は難しいのです。わたしごときが懸命に訴えたところで、これぱかりはどうにもなりませぬ」

ため息混じりに、卯之助は語った。

「お上《かみ》は融通が利かないのよ」

訳知り顔で、松子は不満そうに嘆いた。

「まあ、公儀というものは大儀、体面がなによりも大事ですからね」

「くだらねえな」

すっかりと鼻白《はなじろ》んだ京四郎に、

「だったら京四郎さまが、公方さまにお願いしたらいいじゃありませんか」

まるで一杯奢《おご》ってくれと頼むような気軽さで、松子が言った。

「それはできんな。おれは天下の素浪人だ。公儀とはなんの関係もない」

「おや、京四郎さまも体面や身分、秩序にこだわるのですか。そうしたものがお嫌で、市井に暮らしておられるのでしょう。京四郎さまでも、公方さまには遠慮なさるのですか」

がっかりですね、と松子は言いたてた。

「嫌なことを言うな……私的な頼み事ならまだしも、公儀にかかわる依頼はできぬ。それに、おれもだが、叔父とて公私の区別は厳しくつけるさ」

京四郎の言葉を聞き、

「申しわけございませぬ」

たまらずに卯之助が頭をさげる。

「いやいや、あんたが謝ることはないさ。さて、松子、おれたちはどうする」

「なにもしないのも、芸がないですよね」

「べつに芸があってもなくてもよいがな」

京四郎は笑った。

ふとそこで、松子が首を傾げた。

「あの廃屋敷に、房州の鮫蔵がお金を隠しているのはわかりましたけど、怨霊の声はなんでしょうね。まさか、鮫蔵が生き霊と化して、あんな恐ろしい声をあげているんですかね」

「生き霊だの妖怪だのが、金を守っているって言うのか。そんなはずはないだろう。鮫蔵本人ならまだしも、霊や妖怪が金を持ってどうするのだ。酒や食べ物が欲しくなったら、金を払う気なのか。ずいぶんと律儀なものだな」

京四郎が笑い飛ばすと、

「そりゃ、地獄の沙汰も金次第って言いますからね。あっちの世でも、大きい顔をするためには、大金を持っているほうがいいんじゃありませんか」

もっともらしい顔で、松子は答えた。

「ものは言いようだな」

京四郎が卯之助を見やると、

「そうですな、怨霊だの物の怪だのがいるかどうかはわかりませぬが、鮫蔵は生きており、まさか霊にはなっていないと思います。あの不気味な声も、なにかからくりがあるのでは……それがなにかはわかりませんが」

対して京四郎は、

「祠の外にまで聞こえたのか」

と、問い直した。

「いえ、今夜ではなく、以前に訪れた際に祠で聞いたのです」

卯之助は返した。

「からくり……」

しばらく松子は思案して、京四郎に問いかける。

「京四郎さまも、からくりだとお考えなのですか」

「さてな。それには、明日の昼にふたたび、ここに来る必要がある」

「まあ、さすがは京四郎さまですね。さっそく、なにかわかったのですね」

松子は盛んに京四郎を誉めそやした。

「いや、まだはっきりはせぬ。単なる推量だ」

「ぜひ、お供します」

松子の言葉に、京四郎は薄笑いを浮かべて答えた。

「いや、やめたほうがいい。でないと松子も、醜い顔になるかもしれんぞ」

「ええ、そんな……」

少しの間、松子は躊躇っていたが、

「やっぱり、あたしも行きますよ」

ここぞとばかりに、松子は頼みこんできた。

「どうなっても知らんぞ」

結局のところ京四郎は、松子の同行を許してしまった。

「読売屋の意地ですよ」

「拙者もまいります」

そこで、卯之助も申し出た。

「もうこうなったら勝手にしな。ただし、どうなっても知らねえからな。ああ、そうだ。来るんなら松明を二本ほど用意してきてくれ」

「松明でございますか……」

京四郎の意図がわからず、卯之助は首を傾げた。

「昼間ですよね」

松子が京四郎に確かめる。

「そうだ」

そっけなく京四郎は返すが、松子は納得できず問いを重ねた。

「昼にどうして松明が必要なんですか……あ、そうか、怨霊は地の底にいるんですね。足元を松明で照らさないといけないってことですか」

松子なりの答えを導いた。

「そんなところだ」

面倒になったのか、京四郎はにやりとして足早に立ち去った。

四

明くる日、京四郎は松子を伴い、廃屋敷にふたたびやってきた。

「な、なんですよ、その格好」

会ったときに松子が唖然となったように、今日の京四郎は、鎧兜《よろいかぶと》を身につけていた。黒糸縅《くろいとおどし》の甲冑に身を包んだ京四郎は、あたかも戦国の世の凜々《りり》しい若武者のようであった。

「怨霊退治だからな」

当然のように、京四郎は澄まして言った。

「そりゃ怨霊は手強《てごわ》いんでしょうけど……」

松子は、驚きと戸惑《とまど》いを隠せない。

すると、卯之助が姿を見せた。卯之助は小袖に袴、大小を落とし差しにした武家姿である。京四郎の頼みに応え、左右の手に松明を持っていた。

卯之助も、京四郎の甲冑姿を見て目を見開いた。

「兵藤さん、松明を用意してくれてすまんな」

機嫌よく京四郎は声をかけた。

「お安いご用です」

卯之助は一礼して松明を渡した。

「ならば、さっそく怨霊を退治するぞ。松子も兵藤さんも離れていろ」

京四郎は命じた。

「ええ、ですけど」

松子は不服そうであったが、

「行きましょう」

卯之助にうながされ、松子は首を傾げながらも離れていった。

京四郎は面貌をつけた。

泰平の世に、戦国武者が現れる。真夜中にこの姿を見られたら、京四郎こそが怨霊だと恐れられるだろう。

そのまま京四郎は、悠然と祠に向かって歩いていった。

階をのぼり濡れ縁に立つと、観音扉を蹴り開けた。薄暗いながらも昼とあって屋内が見え、土壁が崩れているところも見受けられた。

ゆっくりと奥に向かう。

ふと、天井に穴が空いていた。

「怨霊の棲み処だな」

京四郎はにんまりとした。

次に狙いをつけ、穴に向かって松明を投げこんだ。

炎が立ちのぼり、やがて穴から黒々とした怨霊がうじゃうじゃと現れた。怨霊の群れが、京四郎目がけて襲いかかってくる。

京四郎はもうひとつの松明で、怨霊を払う。

やがて踵を返すと、部屋から逃げだした。怨霊が身体にまとわりついたまま、京四郎はようやくと祠から脱出した。

その直後、建屋から火柱が立ちのぼり、火の粉が周囲に飛び散る。

京四郎は立ち止まると、甲冑に群がっていた怨霊……すなわち蝮《まむし》を振り払った。

さらに松明を振りまわし、しつこく腕に絡まった蝮を燃やした。

その間に、建屋は焼け崩れていった。

そこへ、火消したちが駆けこんできた。彼らは手桶に満たした水を、建屋にかけはじめる。

幸いにも類焼はなく、建屋の一部が焼失して、無事に鎮火された。

火消しは、京四郎から頼まれ、卯之助が手配したものだった。

そばに寄ってきた松子に、

「怨霊退治、完了だ」

京四郎は面貌を取った。

「怨霊は蝮だったんですか……あの薄気味悪いシュウシュウという声、てっきり怨霊の仕業かと思ってたけど、落ち着いてみれば、たしかに蛇《へび》の鳴き声ですよ。恐がっているから、蝮と怨霊の区別がつかなかったんですね」

あれだけ悲鳴をあげたのを忘れたかのように、松子は言いたてた。

「そういうことだ。おそらく死んだ鮫蔵の手下ふたりは、蝮に襲われたのだろう。だから、顔が醜く変わるほどの無《む》惨《ざん》な最期を遂げたってわけだ」

京四郎の言葉に、

「幽霊の正体見たり、枯《か》れ尾《お》花《ばな》ですね」

松子は淡々と、話を締めくくった。


怨霊の正体はわかったが、依然として隠し金は見つかっていない。昨日の騒ぎがあっても鮫蔵たちは姿を見せなかったところからして、あの廃屋敷は根《ね》城《じろ》ではなかったのか、それとも騒ぎが起きる前に、すばやく逃げてしまったのか。

翌日の昼、京四郎と松子、それに卯之助は、夢殿屋で話しあった。

今日の京四郎は、もちろん甲冑を身につけてはいない。いつものごとく、華麗な片身替わりの小袖である。

「松子、怨霊屋敷のネタ、読売にできなくて残念だったな」

京四郎が言うと、

「そうでもないんですよ」

松子は嬉々《きき》として、一枚の錦絵を持ちだした。

そこには、鎧兜を身につけた勇者・徳田京四郎が、怨霊を退治している絵入りの記事が書いてある。怨霊は全身が黒々とし、両の目が真っ赤、しかも舌も真っ赤で、それがにょろりと伸びている。

そんな妖怪を、京四郎が大太刀を振るって退治するという塩梅《あんばい》だ。

京四郎は、松子の商魂にすっかりと感心した。

「さて、読売は二、三日後に売りだすとしまして、これをきっかけに、廃屋敷の特集をやりますよ」

松子の商魂はいよいよ高まっている。

次いで、

「兵藤さま、早いとこ、房州の鮫蔵を捕まえてくださいよ」

と、調子のいいことまで言いだした。

「わかっておる」

卯之助は苦い顔で応じる。

「さて、廃屋敷で火事騒ぎが起きて、鮫蔵はどう動くだろうな。根城じゃなかったとしても、秀太郎の投書からして、あそこが金の隠し場所というのは十分に考えられる。鮫蔵たちのねぐらは、あの廃屋敷のすぐそばかもしれぬしな」

京四郎が疑問を投げかけると、

「であれば、まあ、まずは隠し金のことが心配になりますよね、居ても立ってもいられなくなるんじゃありませんか」

松子の考えどおりだろう。

昼間は、町奉行所が火事現場を調べている。ぐずぐずしていたら、隠し金が見つかってしまうかもしれない。鮫蔵が敷地内に忍びこむとしたら、夜更けであろうか。

「今晩も怨霊屋敷に行きますか」

鮫蔵一味に先んじて財宝を見つけてやろう、と松子は意気込んだ。

「おまえも好きだな」

京四郎は苦笑した。

するとか之助が、

「明後日にしませぬか。明後日であれば、拙者が御庭番や小者を引き連れて、廃屋敷探索の手はずを調えます」

と、申し出た。

「そりゃ、大人数のほうがいいな」

京四郎は受け入れた。松子は、お宝を自分たちだけで見つけられないのが不満なのか、返事をしなかったが、

「そもそも隠し金が見つかれば、公儀におさめなくてはならないんだぞ。なにもおれたちが苦労して、寒空のなかせっせと探しまわることはないよ」

京四郎に言われ、

「それもそうですね。餅は餅屋です。玄人《くろうと》にお任せしましょうか」

寒いなかの探索を思い浮かべたか、松子は納得した。

「お願いしますよ、絶対にお宝を見つけてくださいね……なにも、おこぼれにあずかろうって魂胆じゃないんです。あたしは、読売や草双紙のネタになれば、満足なんですから」

いかにも謙虚な姿勢を示した松子だったが、

「それがおこぼれと申すのだ」

京四郎に指摘され、松子はぺろっと舌を出した。

すると不意に、

「さて、では拙者はこれで失礼いたします」

卯之助は、風呂敷包みを担いで立ちあがった。

卯之助が出ていってから、

「責任を押しつけてしまったみたいで、機嫌を悪くしちゃいましたかね」

気にする素振りを見せる松子に、京四郎は右手をひらひらと振った。

「おいおい、兵藤の機嫌を損《そこ》ねたからといって、べつにかまわないではないか。だいたい、おまえが人の機嫌を気にするとは意外だな」

「また、ご挨拶ですね」

松子は頬を膨《ふく》らませた。

ふと、京四郎は表情を引きしめる。

「さて、明後日の晩はなにが出るかな。鬼か蛇か千両箱か。鮫蔵はひやひやしているだろうさ。こうしている間にも、町奉行所に隠し金が掘り返されてしまうかもしれないからな。さて、おれは昼寝でもするか」

京四郎は奥の座敷に向かった。

「どうぞ、ごゆっくり」

声をかけつつ、松子は錦絵を見直して、

「もう少し、恐そうな物の怪がいいわね」

あれこれと思案をはじめた。

五

二日後の夜更け、京四郎と松子は廃屋敷を訪れた。この数日の間に、何度ここに来ただろう。松子はすっかりと慣れてきて、いまやあまり怖さなどは感じなくなっている。

それよりも星影の美しさが、いっそう寒さを際立たせていた。

今夜の京四郎は、闇に溶けこもうというつもりか、黒小袖に裁着け袴という地味な装いだ。鮫蔵一味と鉢合わせた場合に、見つからないための用心かもしれない。松子は、小袖と袴に羽織を重ねているが、羽織は防寒用だ。

門をくぐり、敷地内を見まわす。まだ卯之助たちは来ていないようだ。

焼失した祠の残骸は、敷地の隅のほうに片付けられている。祠があったところがぽっかりと空き、黒い土くれがむきだしとなっていた。その様子が、廃屋敷にはよく似合っている。

「なんとなく寂しい風情だな」

京四郎は小袖の襟《えり》を合わせた。

「ほんと、そんな気がしますよ」

先夜と違って、松子は気分に余裕があった。なにしろ、怨霊の正体が蝮だとわかって、もはやここは単なるぼろい廃屋敷であった。

暗闇と静寂のなかに、廃屋敷は浮かんでいる。

ほどなくして、足音が近づいてきた。複数だ。

京四郎と松子は、物陰に身をひそめた。

鮫蔵一味か、あるいは卯之助率いる御庭番と小者たちか……。

京四郎と松子は、固唾を飲んで見守った。

どやどやと、男たちが五人ばかり姿を見せる。小袖の裾をはしょって帯にはさみ、股引《ももひき》を穿いていて、鍬《くわ》や鋤《すき》を担いでいる。

卯之助がいないところからして、鮫蔵一味であろうか。

彼らは赤松の根っこに集まり、鍬や鋤を振るいはじめた。星明かりに浮かぶ男たちは、必死の形相で土を掘り返している。

ということは、あの赤松の根元に、三千両が隠されているのだろうか。

生唾を飲みこんだ松子の横で、

「おかしいな……」

京四郎はつぶやいた。

「どうしたのですか」

松子はささやくように問いかける。鮫蔵一味に聞かれてはまずい、と松子はひやひやしているのだが、埋蔵金を掘りあてることに必死の彼らは、気づく様子もない。

かといって、声を大きくすることはなく、

「おかしなことがありますか」

松子は問いを重ねた。

「いや、卯之助はどうしたのだろうか。廃屋敷探索の許可がおりなかったのだろうか。それなら、夢殿屋に連絡があろうはずだが……」

それとも、もっと深更におこなうつもりか。

だが、鮫蔵一家との競りあいだということは、卯之助も理解しているはずだ。

京四郎は卯之助への疑問を抱きながら、五人の作業を見守った。

すると、一時ほどが経過したところで、彼らが騒ぎだした。

「あったぞ！」

「やったあ！」

歓声とともに、千両箱が三つ掘りだされた。

「まあ、すごい！」

思わず松子も大きな声を出してしまい、口を両手で覆《おお》った。

結局、鮫蔵一味に先を越されたじゃないか……あれを奪い返すのはちと面倒だぞ、と京四郎は内心で卯之助を批難した。

五人は争うようにして、引きあげた千両箱を並べた。

そこで京四郎は違和感を覚えた。

あまりにも軽やかな動作なのだ。千両箱ひとつはなかなかの重さだ。大の男でも、腰を据えて持ちあげなければならない。

それを彼らはまるで、菓子箱を運ぶように持ちあげて運んだ。喜びのあまり重さが苦にならないのか、漁師崩れの海賊たちはよほど力自慢なのか。

京四郎が首を傾げていると、

「なんだこりゃ！」

「空っぽじゃねえか！」

「騙されたんじゃないのか……」

蓋《ふた》を開けた千両箱を見おろして、男たちが絶句していた。

ここにきて、京四郎は物陰から出ていった。松子も続く。

気づいた男たちは身構えた。

突如として現れた侍と年増女に、警戒と戸惑いで表情が固まっている。

「おまえら、房州の鮫蔵一味かい」

京四郎らしい直截《ちょくせつ》な問いかけをした。松子は、はらはらとした。まかり間違えば、彼らは鋤や鍬で襲ってくるかもしれない。

しかし、男たちはぽかんとするばかりだ。

「聞こえなかったのか。おまえらは鮫蔵一味、つまり海賊盗人じゃないのか」

京四郎は繰り返し問いただした。

五人はお互いの顔を見あわせていたが、

「違いますよ」

ひとりが否定してから、

「あっしは、新五郎《しんごろう》っていいまして、けちな野郎です」

と、名乗った。

「おまえがけちだろうが気前がよかろうが、知ったことじゃないが……おっと、人に素性を確かめる以上、こちらも名乗らなくてはな。おれは、天下の素浪人、徳田京四郎だ」

京四郎に続き、松子も読売屋だと素性を明かした。それを受け、

「あっしら、大工ですよ。もっとも、棟梁をしくじって仕事にあぶれているんですがね」

新五郎たちは素行が悪く、飲みすぎて普請現場に顔を出さなかったり、注文主や仲間と、諍《いさか》いをしょっちゅう起こしてきたそうだ。

面倒を見てきた棟梁も呆れ果て、とうとう出入り禁止になってしまった。

「大工は腕だ。腕さえありゃ、おまんまはついてまわるんだって、粋《いき》がっていたんですがね。落ち着いてみりゃ、いや、落ち着いてみなくたって、あっしら腕もたいしたことないんですよ。そんで、たちまち食い詰めてしまって」

新五郎が自嘲気味の笑いを放つと、残りの四人もばつが悪そうに笑った。

ここで松子が、

「じゃあ、稼ぎに困って、ここで隠し金を掘りだそうとしたの」

と、問いかけた。

「そうなんですよ」

手で頭を掻きかき、新五郎は認めた。

「だが、ここに大金が埋まっているなんて、どうして知ったのだ。この廃屋敷には、大野右京や無惨に殺された者の怨霊が棲んでいる、という噂が流れていただろう。隠し金のことなど、誰も噂していなかったはずだ」

もし本物の大工であれば、よもや鴨川藩の抜け荷にまつわる隠し金騒動のことなど、知っているはずもない。

「怨霊は、浪人さんが退治なさったんですよね……あ、そうだ、徳田京四郎さまが退治したって、読売で読みましたぜ」

あらためて新五郎は京四郎を見返し、感心した。

「へえ、あなたさまが徳田さまですか」

「怨霊は退治してやったが、大金が隠されているなど、読売には記していなかったただろう」

京四郎はちらっと松子を見た。松子は右手を強く左右に振って、

「書いていませんよ」

と、強く否定した。

新五郎は仲間とひそひそ話をしてから、京四郎に打ち明けた。

「この近くの縄暖簾で知りあった行商人さんに、教わったんですよ」

新五郎たちは、出入り止めにした棟梁の悪口を肴に、酒を飲んでいた。そこへ、酒の差し入れがあったそうだ。

「差し入れてくれたのが、その行商人さんでしてね」

「その男、飴の行商人で、卯之助と名乗っただろう」

京四郎が確かめると、

「そのとおりです」

新五郎ばかりか、四人も首を縦に振った。

「なるほど、卯之助はここに財宝が埋まっていると言ったんだな。よし、その辺の経緯を聞かせてくれ」

京四郎は腕を組んだ。

「成り行きで一緒に飲みました。卯之助さんは話上手で、行商がてら全国の名産や名所を語ってくれました。あっしら、ついつい聞き入って……そうしましたら卯之助さんは、大野さまの怨霊屋敷にはお宝が埋まっているから掘りださないか、と持ちかけてきたんですよ」

さらに卯之助は、赤松の根元に千両箱が三つ埋まっている、とくわしい場所と内容まで教えてくれたそうだ。

「で、自分は非力だから掘りだせない。代わりに掘って、三千両を見つけてくれ。自分は千両だけでいいから、あとの二千両は五人で分けてくんなって」

「そんな、法螺《ほら》話を鵜呑みにしたのか」

批難するように京四郎は問いかけてから、

「馬鹿だな。おまえら、棟梁をしくじるはずだぜ」

と、辛口の論評を加えた。

新五郎たちは、しゅんとなってしまったが、

「鵜呑みっていいますがね。酔っていたんで、そりゃおもしろそうだって引き受けたんですよ……言いわけにもなりませんがね」

みなを代表して、新五郎が反省の弁を述べたてた。

「それで、卯之助はその後にどうすると言ったのだ。千両箱を掘りだしたら、どこかで待ちあわせでもするつもりだったか」

京四郎は周囲を見まわした。

「いいえ、ここに来るって言いましたよ」

新五郎が返すと、四人もうなずいた。

「で、泥にまみれて掘り返した千両箱は、このとおりってわけか」

空の千両箱を見おろし、京四郎は笑った。

「まったく、とんだガセネタをつかまされてしまいましたよ。でも、なんで卯之助さんは、あっしらを欺《あざむ》いたんですかね。あっしらの間抜けぶりを見て、笑おうとでもしたんすかね」

新五郎の言葉を受け、松子はきょろきょろとしたが、当然のこと卯之助の姿はない。新五郎も疑念を募らせ、

「おもしろがるんなら、ここに来るか、そっと様子をうかがっていてもよさそうなもんですけど」

腑に落ちないな、と首を傾げた。

これ以上、彼らに聞いても無駄なようだ。

「ともかく、隠し財宝だの埋蔵金だのをあてにせず、地道に働け……棟梁に詫びを入れるんだな」

京四郎は松子をうながし、その場を立ち去った。

五人は肩を落とし、

「明日、棟梁の家に行くか……」

新五郎が誘うと、四人もそうしようと賛同した。

六

数日後、京四郎は急いで夢殿屋にやってきた。

松子から、大目付の友川左衛門尉が来訪し、京四郎に会いたがっていると連絡を受けたのだ。

夢殿屋の奥座敷で、京四郎は友川と面談に及んだ。

「おれに用というのは、鴨川藩村木戸家の隠し財宝についてかい」

京四郎が確かめると、「仰せのとおりです」と友川は認め、

「廃屋敷を探索なさいましたな」

と、問いかけた。

「したよ。大野とやらの怨霊を退治してやった。加えて、公儀御庭番と名乗る男にまんまと騙された」

鼻で笑った京四郎に、友川は落ち着いて返した。

「兵藤卯之助は、正真正銘の公儀御庭番でした。鴨川藩村木戸家の抜け荷探索をおこなっていたのも事実。しかし、抜け荷探索にかかわっていくうちに、道を踏み外してしまったのです」

馬鹿な奴だ、と友川は嘆いた。

卯之助は村木戸家の抜け荷探索を通じて、房州の鮫蔵一味と接触した。つまり卯之助は、とっくに鮫蔵を見つけていたのだった。

「金子の隠し場所は、本当にあの廃屋敷だったのか」

京四郎がただすと、友川は首肯して続けた。

「三千両の隠し場所を田口は村木戸秀太郎に白状してしまい、秀太郎は目安箱にその旨《むね》を投書した。そして御庭番に、探索命令がくだされたのです」

「鮫蔵と通じて隠し場所のことを知ったのなら、さっさと掘り返せばよかっただろうに。なんなら、鮫蔵を裏切り、独り占めしたっていい」

京四郎の言葉に、友川は首を横に振った。

「いいえ、卯之助もそう自由ではありませんでした。田口や鴨川藩の元藩士たちの目もありましたからな。それにわたしも薄々、卯之助のことを疑っておったのです」

そのため、卯之助の探索には、御庭番ふたりを同行させていたという。

「そのふたりとは……そうか、大野の怨霊に祟られて殺されたという男たちだな。だが、そいつらはやくざ者で、鮫蔵一家の証である鮫の彫り物があった、と卯之助は言っていたが……」

「偽りでございます」

即座に友川は否定した。

「すると、おれの目を廃屋敷に向けたのは……それに、大工どもに掘らせたというのは……」

「わかりません。まあ、卯之助なりの一種の遊び、あるいは挑発だったのかもしれませんな。いずれにしろ、火事騒ぎが起きて怨霊騒ぎがおさまったときに、闇夜にまぎれて三千両を掘り返したのでしょう。それまでは、野次馬やらなにやらで、とてものこと庭を掘り返すなどできなかったでしょうからな。その後の騒動については、おもにあなたさまの探索の目を眩《くら》ますためでございましょう」

「ふっ、とんだ野郎だったんだな」

自嘲しつつ、京四郎は渋面《じゅうめん》を作った。

「むろん、公儀は懸命に卯之助の行方を追っております。三千両の金子はもちろんのこと、肝心の血判状も奪われました。わしは責任を取り、大目付の職を辞したところです」

　悔しさを取り繕うように、友川は笑顔になった。

「村木戸秀太郎も行方知れずだ……鴨川藩の騒動、いまだ決着がついていないということだな」

「結果としてお取り潰しに追いこんだ者としまして、すべての騒動を自分の手で解決したかったのですが、もはやそれも叶いませぬ。あとは、兵藤卯之助と房州の鮫蔵一家を捕縛して血判状を奪い返し、抜け荷の全貌があきらかになることを願うばかりです」

「その血判状とやらだが、抜け荷にかかわった者の名が記してあるのかい」

「ええ……互いに裏切ることのないよう、抜け荷で使用していた千両箱に、いつも隠されていたようです。誰かが裏切って箱が公儀に渡った場合、関係者全員が罪に問われますからな。みな必死になって、少なくとも抜け荷の千両箱だけは守るというわけです。公儀としてはなんとしても、抜け荷の全貌を明かさねばなりません。もっとも、そのあと罪に問えるかはわかりませんが……」

「ほう、それだけの重要人物もかかわっていることかい」

それには答えず、友川は無言のまま深々と頭をさげると、夢殿屋を立ち去った。

なんとも後味が悪い。

自分も卯之助に欺《あざむ》かれ利用されたのだ。友川の言葉ではないが、できれば自分の手で、卯之助と鮫蔵一家を捕まえたい。

だが、探索ともなると、御庭番や町奉行所に任せるべきだろう。

胸に苦いものがこみあげてきたところで、

「京四郎さま、寿庵の牡丹餅ですよ」

と、松子が桐の菓子箱を持って入ってきた。今日は大きめの箱に、色とりどりの牡丹餅が並んでいる。

小豆色、真っ白、桜色、抹茶色、どれもが艶《つや》めいていた。

「松子、ずいぶんと気前がいいではないか」

「無敵の素浪人、徳田京四郎さまに稼がせてもらいましたから」

松子は京四郎の怨霊退治を、読売ばかりか草双紙、錦絵にしておおいに売りだし、いずれも好評なのだとか。

「なら、遠慮なく」

京四郎は右手で小豆色、左手で桜色の牡丹地を持ち、交互にむしゃむしゃと食べはじめた。胸に湧いた苦みが消え、口中いっぱいに甘味が広がる。

噛みしめるうちに、牡丹餅の美味さに加え、いつものごとく松子の商魂に感じ入った。

京四郎は卯之助にまんまと欺かれ、なんの利も得られなかったどころか、敗北感すら感じさせられた。

対して松子は、騙されながらもしっかりと稼いでいる。

「食えぬ女だ……」

思わず京四郎がつぶやくと、

「あら、食えませぬか。では、助太刀いたします」

松子は京四郎と競うように、牡丹餅を食べはじめた。

卯之助へのわだかまりが消え、京四郎は腹を抱えて笑った。

第三話　禁断の盛り場

一

神無月二十八日の昼さがり、京四郎は庭で畑仕事をしていた。

地味な木綿《もめん》の小袖に袴を穿き、今月中に済ませたい種蒔《たねま》きに備えて雑草をむしっている。松子が、手伝います、と駆けつけてくれたのはありがたいのだが、すぐに音《ね》をあげて休憩する始末だ。

京四郎が蒔こうとするのは、小松菜《こまつな》である。

小松菜は、八代将軍吉宗と所縁《ゆかり》があった。ある日、吉宗は江戸近郊の小松川《こまつがわ》に鷹狩りに出かけた。その際、香取神社《かとりじんじゃ》で昼食をとったのだが、宮司《ぐうじ》が吉宗をもてなした際、餅のすまし汁に青菜を入れた。真っ白な餅に添えられた緑の漬け菜は、目にあざやかなうえに吉宗の味覚を満足させた。

吉宗はおおいに気に入り、地名をとって「小松菜」と命名したのである。以来、江戸市中で評判を呼び、時節柄、鍋に添えられる。

叔父が名付けたからというわけではないが、しゃきしゃきとした食感と餅や豆腐、油揚げ、それに魚との相性もいいし、漬け物にも向いている便利な青物だと、京四郎は栽培に勤しむことにしたのだ。

「京四郎さま、ひと休みしましょうよ」

松子が声をかけたが、

「何度休めばよいのだ。休んでいるほうが多いだろう」

京四郎は右手をひらひらと振って拒絶し、

「さっさと、片付けろ」

抜き取った雑草をひとまとめにするように命じた。見まわすと雑草が生い茂り、終わる目途《めど》が立たない。

人を雇うべきだし、将軍の甥がやる仕事ではない。

しかし、京四郎は野良仕事にこだわる。紀州の庄屋の娘であった母の貴恵は、紀州藩から和歌山城《わかやまじょう》に入るよう勧められたが、自分は百姓の娘だから土とともに暮らしたい、と拒《こば》んだ。

その影響か、紀州では京四郎も野良仕事をおこなっていた。土とともに生きた母のためにも、江戸であろうが畑仕事を続けるつもりだった。

「あたしは京四郎さまの家来じゃないんですけど……親切でお手伝いをしているだけですけど」

などと文句を言いながら、松子は雑草を箒《ほうき》で一か所に集めはじめた。

そこへ、

「失礼いたします」

と、野太く明瞭な声がかかった。

声のほうを見ると、身形立派《みなりりっぱ》な武士が歩いてくる。陣笠《じんがさ》を被り、羽織、袴に身を包んだその姿には、寸分の乱れもない。従者を三人連れていた。

京四郎は草むしりの手を休めないばかりか、武士を見ようともしない。武士は黙って、京四郎が向くのを待っている。さすがに松子は気になって、

「京四郎さま、お客さまですよ」

と、声をかけた。

「いま忙しいのだ。約束もなく押しかけられても、応対できないぜ」

作業をしながら、京四郎は文句を吐いた。

「これは、失礼いたしました」

武士は羽織を脱ぎ、従者にあずけてから草むしりを手伝いはじめた。腰をかがめ、手早く雑草をむしるさまは、意外と言うべきかじつに手際がよい。加えて、武士は京四郎に断りを入れてから、三人の従者にも手伝わせた。

すると、

「こら、手を抜くな。嫌々ならやらなくていいよ。帰れ」

京四郎は容赦なく彼らを叱咤《しった》し、

「まだ隅《すみ》に残っているだろう。よく見ろ」

などと細かい指示も飛ばす。

追いたてられるようにして、武士と従者たちは賢明に草むしりをおこなう。曇天で肌寒い風が吹いているにもかかわらず、彼らは汗だくとなった。

武士と従者たちの手助けのおかげで、畑の雑草はきれいになくなり、ずいぶんと見映えがよくなった。京四郎も上機嫌だ。

従者が井戸から桶《おけ》に水を汲み、みな、手足を洗った。

「あがれ。栗饅頭《くりまんじゆう》を食おう」

京四郎は武士に声をかけ、松子に栗饅頭とお茶の用意を頼んだ。

居間で、京四郎は武士を迎えた。松子も隅に控え、従者は庭で饅頭を食べている。

「町奉行の大岡《おおおか》でござります」

なんと武士は、南町奉行の大岡越前守忠相《おおおかえちぜんのかみただすけ》であった。

「まあ、御奉行さま」

松子は畏れ入ったが、

「あんたが大岡さんか。なるほど、叔父さんが信頼するはずだ」

気さくな調子で、京四郎は返した。

大岡は聡明そうな面《おもて》に、穏やかな笑みを浮かべた。

「それで、なんだい。草むしりを手伝ってまで、おれに用件というのは」

「掃除をしていただきたいのです」

大岡は短く言った。

「どこの……町奉行所か江戸城かい」

愉快そうに京四郎は問い返した。

もちろん、掃除とは清掃ではなく、不正や邪《よこしま》なおこないを排除するという意味だろう。

「大炊堀《おおいぼり》です」

大岡が答えると、京四郎は松子を見た。知っているかを目で聞いたのだ。

松子はすぐにそれを察した。

「品川《しながわ》の先にある盛り場ですね。なんでも大変な賑《にぎ》わいだとか」

「ほう、盛り場か、それがどうした」

京四郎の顔が好奇心に彩られた。

「厄介《やっかい》な場所でして……都のさる門跡寺院《もんぜきじいん》の所領であるのです」

門跡寺院とは、皇族や公家が住職を務める寺である。

「さる」と大岡が門跡の名を伏せたのが、よけいに厄介さを感じさせる。

「町奉行や勘定奉行の管轄外ということだな」

京四郎の言葉に、大岡はうなずいた。

江戸府内は町奉行の支配地だが、近郊、たとえば品川から先の幕府直轄地であれば、勘定奉行の管轄だ。大炊堀は品川の近くに位置しながら、門跡寺院の所領であるため、勘定奉行の立ち入りができないのだ。

言葉足らずと思ったのか、大岡は説明を加えた。

「大炊堀は、神君家康公が関東に入封以前から門跡寺院の所領であったのです。家康公は所領安堵なさり、累代《るいだい》の上さまは安堵状を与えてこられました」

つまり大炊堀は幕府にとって、手の出せぬ聖域というわけだ。

「大炊堀の問題というのは、なんだ」

大炊堀の怪しさが、京四郎の好奇心を高める。

「公儀の目が届かないのをいいことに、風紀が乱れております。そればかりか、抜け荷品の売買などがおこなわれておるようです」

「そんなわかりやすい悪事があるなら、たとえ、どなたさまの所領であろうと、公儀の権威で潰せるだろう」

疑念を抱きつつ、京四郎は返した。

「それが、そうもいかぬのです」

大岡は渋い顔をした。

黙って京四郎は、理由が語られるのを待つ。渋面《じゅうめん》のまま大岡は言った。

「大炊堀を束《たば》ねる頭領《とうりょう》がわからないのです」

「どういうことだ」

京四郎は首を傾げた。

「所領主のお寺から、代官さまが派遣されているのではないのですか」

松子が口をはさんだ。

「そうだ。その代官を捕えればよいだろう。さっさと捕まえろ」

事もなげに京四郎は勧めたが、大岡は表情を変えぬまま、

「捕まえておるのです。この二年で、十人を越える代官を」

「十人以上とは、これまた大人数だな」

京四郎は苦笑を漏《も》らした。

「代官として門跡寺院の僧侶が遣わされてくるのですが、その僧侶たちは、大炊堀にある末寺の住職の役目を務めておるだけです。まあ、代官の役割といえば、大炊堀で商いをする者たちから運上金を受け取り、都の門跡寺院に送るくらいですので」

困り顔で大岡は言った。

「でも、運上金を取りたてているからには、大炊堀の内情を把握しているんじゃないのですか」

松子が疑問を呈した。

「お飾りの代官なのだ。大炊堀の実状など、まったくわかっておらぬ。運上金の

取りたてにしたところで、大炊堀の住人任せだ。月末になったら住人が末寺の賽銭箱に思い思いの銭金を入れ、脇に置かれた名簿に載せられた自分の名前の欄に、納めた旨《むね》を記すのだ」

大岡が答えると、

「思い思いということは、いくら出すかは住人の勝手ってことですか。何十両も払う者もいれば、一文しか払わない者も……そもそも、払ってもいないのに払ったと嘘を書きこんでもわからないのでは……さすがに、それはないですよね。支払い日には、代官のお坊さんが監督していますよね」

驚きを現わしつつ、松子は問いかけた。

大岡は失笑し、

「それが、監督する者はおらぬのだ。住人の勝手次第だ」

「へ～え、なんと寛大な……でも、それでよく大炊堀を営《いとな》むことができますね。火事や地震でお寺や建物が壊れたら、自分たちのお金で建て直すんですか」

松子が疑念を深めるのも、もっともだろう。

「門跡寺院の負担で再建される。大炊堀は極楽浄土だと、住人たちは喜んでいるそうだ」

淡々と大岡は答えた。

「それがほんとなら、まさに極楽浄土ですよ。でも、よくそんなお金があるものですね……あ、そうか、抜け荷で儲けているんですね」

納得したように、松子はうなずいた。

ここで京四郎が、もっともな問いかけをする。

「極楽浄土だろうがなんだろうが、この世にある以上、諍《いさか》いや揉め事は起きるだろう。殺しはそうそう起きないにしても、盗みや喧嘩騒ぎはしょっちゅう発生するんじゃないのか。それらを取り締まる者はいるのかい」

これまでと変わらない冷静さで、大岡は説明する。

「賭場を任されている五郎《ごろう》右衛《え》門《もん》という代貸《だいがし》がおります。五郎右衛門の手下が、大炊堀内を見まわっているのです。奴らは江戸市中の盛り場に巣食うやくざ者と違って、あこぎなショバ代の取りたてはせず、問題を起こした者のみを懲《こ》らしめます。三度懲らしめられた者は、大炊堀から追いだされる次第です」

「仏の顔も三度までということか」

京四郎は笑った。

大岡も笑みを返し、

「話を抜け荷に戻しますと、代官として派遣された僧侶を吟味《ぎんみ》しても、まるで事情をわかっておらぬので暴けないのです。拷問にかけるわけにはいきませぬが、勘定所の役人も相当に厳しい取り調べをおこなったと聞きます。ですが、頓珍漢《とんちんかん》な回答しか得られません」

「その五郎右衛門という博徒が、抜け荷を取り仕切っているのではないのか」

「五郎右衛門は、賭場と大炊堀内の治安を守っておりますが、頭領ではないのです。五郎右衛門も、頭領に使われておるに過ぎませぬ」

「ふ〜ん、聞けば聞くほど奇妙な盛り場だな。極楽浄土の表面を引っぺがせば、地獄の面相が現れるかもしれないな。代官を務める坊主にしたって、ころころ首を替えられるんじゃ、蜥蜴《とかげ》の尻尾切りの反対……いわば頭切りだな」

京四郎は愉快そうに笑った。

「言いえて妙ですな」

大岡も首を縦に振った。

「頭領の素性が不明なんだな。つまり、頭領を見つけだせば、抜け荷の実態も暴けるというわけか」

京四郎は表情を引きしめた。

「大岡さん、おれに大炊堀に忍びこみ、頭領の正体をつかみつつ、あわせて潰してほしいということか」

京四郎が確かめると、

「ご明察のとおりです」

大岡は恭《うやうや》しく頭をさげた。

ここで松子が危惧を示す。

「でも京四郎さま……大炊堀って、とても危ないところですよ」

たいして気にしない京四郎が、ふうん、と生返事を返そうとしたところで、大岡が真剣な表情で言い添えた。

「むろん、町方も隠密目付《おんみつめつけ》を大炊堀に潜入させ、京四郎さまのお身を陰からお守りいたします」

「まあ、暇つぶしにはなりそうだな」

すっかりとやる気になっている京四郎に、大岡が、ふと思わせぶりな笑みを見せた。

「なんだ……」

気を引こうとする大岡の所作だが、無視はできない。

「大炊堀に抜け荷を運んでおるのは、房州の鮫蔵一味という噂がござります」

「そうかい……大岡さん、あんた、おれが鮫蔵一家と因縁《いんねん》があって、奴らの息の根を止めたがっていると見越しているんだな」

京四郎は、にんまりとした。

それには答えず、

「大炊堀の掃除、お願いできますか」

真摯《しんし》な顔で大岡は頼んだ。

「ま、いいだろう」

「ありがとうございます」

ほっとしたように、大岡は小さく息を吐いた。

「ただし、礼が欲しい」

当然のように京四郎は言った。

「もちろん、礼金は用意いたします。探索費用として五十両、礼金として五十両をお支払いいたします」

大岡の条件提示を受け、

「さすがは御奉行さま、太っ腹ですね」

松子が感心した。

「探索費用は、ご自由にお使いください。もしあまっても、返していただくことはありませぬ。また、足りなかったら請求してください」

大岡は言い添えた。

「礼金に関してはそれでいいよ。だが、もうひとつある」

京四郎はにやりとした。

「何なりと」

身構える大岡に、

「なにか美味い物を食わせろ。ただし、あんたが出入りするような高級料理屋じゃ駄目だぞ。町人の口に入るような食い物、町人が足を踏み入れられるような店じゃないとな」

念を押すように京四郎は語調を強めた。

「承知しました。とっておきの食べ物を用意いたします」

大岡はお辞儀をした。

京四郎は立ちあがって濡れ縁に立った。

「あんたらのおかげで、美味い小松菜ができそうだ。収穫したら届けてやるよ」

きれいに清掃されて黒々とした耕作地を見おろしながら、京四郎は満足の笑みを浮かべた。

「楽しみにしております」

大岡も微笑んだ。

二

霜月一日の昼、京四郎は松子とともに大炊堀を訪れた。

海に近いとあって身を切るような潮風が吹きすさび、曇天に鷗《かもめ》が舞っている。

大炊堀の周囲には、幅五間ほどの堀がめぐらされていた。堀に沿って植えられた柳の枝が揺れ、満々と水をたたえる堀の水面に映りこんでいる。

堀の向こうには、そう高くはない板塀《いたべい》が設けてあり、橋が架けてあった。

京四郎は例によって、華麗な片身替わりの小袖に身を包んでいる。

右半身は金糸で飛翔する二羽の鶴が描かれ、左半身はいつもの牡丹の花をあしらった文様だ。

儒者髷を調える鬢付け油と、小袖に忍ばせた香袋が匂いたち、抜けるような白い肌が冬晴れの陽光に輝いている。

そんな派手《はで》な扮装《ふんそう》ながら、大炊堀では目立ってはいない。行き交う者はみな雑多な格好で、自由気ままに闊歩《かっぽ》しているのだ。

松子は編み笠を被り、縞柄の小袖に水色の脚絆《きやはん》で、日和下駄《ひよりげた》を履いている。おまけに、三味線を抱えていた。つまりは、鳥追《とりお》いに扮《ふん》しているのだ。

鳥追いはふたり連れで家々をまわり、三味線の伴奏にあわせて歌う。ひとりであることを不審がられたら、相方は寝込んでおり、その薬代を稼いでいる、と答えるつもりだった。

「賑わっていますね」

松子は周囲を、きょろきょろと見まわした。

東西二町、南北三町の敷地内には、多くの店や民家、見世物《みせもの》小屋が軒《のき》を連《つら》ねている。代官所を兼ねた神社は、北側にあった。

東側は海に面しており、荷船が着岸できる桟橋が設けてある。

なお、四か所の出入り口には番所があるが、往来する者の取り締まりはおこなっておらず、むしろ親切にも大炊堀内の案内までしてくれるという。

行き交う者は町人ばかりか武士や僧侶もいて、それに子どもの手を引く母親たした。


ちの姿もあった。

「みなさん、生き生きとしていますよ」

「江戸の近郊で、こんなに自由な盛り場があったことに、松子は驚きと感心を示した。

ふたりは、しばらく大炊堀内を散策した。

大炊堀の真ん中では、見世物小屋のほかに大道芸《だいどうげい》が披露されていた。

唐人服姿《とうじんふく》の芸人が青龍刀《せいりゅうとう》を呑んだり、火を噴いたりという荒業《あらわざ》ばかりか、独《ひと》り相撲《ずもう》や曲独楽《きょくごま》まわしなど、子どもも楽しめる芸が客を集めている。

「おっと、河豚《ふぐ》を食わせるってよ」

京四郎は嬉しそうな顔で、大通りに面した料理屋を見た。

店先にわざわざ「河豚、食べられます」と書き記した幟《のぼり》が掲《かか》げられている。

「やめときましょうよ。危ないですよ」

顔をしかめて、松子が止めた。

この時代、河豚は毒性を嫌われ、幕府や多くの大名が食することを禁止している。しかし、恐い物見たさ、というのはあるもので、ひそかに食べる者があとを絶たなかった。しかも、いちばん毒が危ぶまれる肝《きも》を好んで食べ、あたったあげく中毒死する者もいた。

毒にあたるということから、上方では河豚を鉄砲《てっぽう》と呼んでいる。それゆえ、河豚ちりは「てっちり」、河豚刺しは「てっさ」と言われていた。

「しかしな、江戸市中で河豚を食わせる店はないぞ」

京四郎は食べる気満々である。

「それより、もうちょっと大炊堀を散策しましょう」

松子は歩きだした。

「よし、ならばここからは別行動だ。おれは、ちょっと寄りたいところがある」

「そんなに河豚が食べたいんですか」

「いいや、そうじゃない。向かう先は……」

京四郎が向かった大炊堀の東側には、いかにも怪しげな賭場があった。道行く者に話を聞いてみると、すぐに場所を教えてくれたのだ。

さっそく京四郎は帳場に入った。

「いくら用立てましょうか」

博徒に問われ、

「こんだけだ」

やおら京四郎は、五十両を差しだした。

「こりゃ、剛毅《ごうき》なお方だ」

上客が来たと思い、博徒はへいこらして五十両分の駒札《こまふだ》を用意した。京四郎は大刀を帳場にあずけると、駒札を手に賭場に入っていった。

中は熱気にあふれている。

白布で覆《おお》った横長の盆茣蓙《ぼんござ》のまわりには、びっしりと客が座っていた。一見して、町人ばかりである。大炊堀は幕府の手入れがないとあって、江戸市中や近在の村からやってくるのだろう。

「ちょいと膝《ひざ》を送ってくれ」

京四郎が話しかけると、勝負に熱中していた男が興《きょう》を削《そ》がれて気分を害したのか、舌打ちをして京四郎を見る。

が、相手が侍だと気づき、媚《こ》びたような笑みを浮かべながら右横にずれた。

周囲も、派手な装いの風変わりな侍をはばかってか、京四郎が座れるように移動した。

ぽっかり空いたど真ん中で、京四郎はどっかとあぐらをかく。

侍姿は、京四郎だけだ。

博打を進行する中盆《なかぼん》が、

「さあ、丁半どっちだ、当たるも当たらぬも時の運。ここは、運試しだよ」

と、声を張りあげた。

客が思い思いに、駒札を賭けていった。

「丁方ないか……丁方ないか」

賭けた札は、半に偏《かたよ》っている。丁に張ってくれと、中盆は催促《さいそく》しているのだ。あわせて、盆茣蓙の真ん中にでかい面《つら》で座しながら、丁にも半にも賭けない京四郎を、邪魔な奴だと批難の目で見ている。

と、いきなり、

「丁！」

京四郎は大きな声で言い放ち、五十両分の駒札を置いた。

客から感嘆の声があがる。

しかし、京四郎が五十両も張ったがために、今度は丁の賭け金が大幅に超過した。

「お侍、ご冗談を」

中盆が苦笑混じりに声をかけてきた。

「おれは本気だぜ」

京四郎は睨み返す。

「ですがね……」

躊躇いつつ、中盆は客を見まわした。

「お侍の粋《いき》に応える方は、いらっしゃいませんか」

声をかけたが、応じる者はいない。あまりに賭け金が大きすぎることに加え、得《え》体《たい》の知れない侍を警戒しているのだろう。

「丁半、駒ができませんので、今回の勝負は……」

不成立だと、中盆が仕切り直そうとしたところで、

「賭場で持てばよかろう。代貸を呼べ」

京四郎の要求に、中盆は困った顔をした。

「お侍、ここらでお見かけしませんが、うちの賭場は初めてでございましょう。一見《いちげん》のお客にこんな大勝負はちょっと……それにですよ、大炊堀内はお侍だろうと町人、坊主、百姓だろうと、身分に上下はないんです。お侍だからって、特別な応対はしないんでさ」

「おお、それだ。身分の上下に関係なく遊べるって耳にしたんで、おれは大炊堀にやってきたのさ。だから、一見だろうと常連だろうと分け隔《へだ》てはあるまい」

京四郎が返すと、中盆は口をあんぐりとさせる。客たちは黙って成り行きを見守っていた。

そこへ、

「御免なせえ」

野太い声がかかった。

中盆と壺振《つぼふ》りが、あわてて頭をさげる。

現れた男は、紬の小袖に、膝にまで達する長羽織を重ねていた。貫禄たっぷりで、おそらくは代貸の五郎右衛門だろう。

案の定、

「代貸の五郎右衛門でござんす」

と、男は京四郎に挨拶をした。

「よし、あんた、勝負を受けてくれるな」

京四郎は挑むような目をした。

「お受けしましょう」

五郎右衛門は、京四郎の向かいに視線を移した。そこに座っていた客がすごすごと腰をあげ、五郎右衛門の席を作った。

五郎右衛門は客に礼を言って、「よっこいしょ」と腰をおろす。

「そうこなくちゃな」

京四郎はうなずいた。

もはや客たちは自分が賭けた目よりも、京四郎と五郎右衛門の勝負のほうが気になるようだ。

壺振りがふたつの賽子《さいころ》を壺に入れて振った。

静寂を際立たせるような、賽子の音が響く。

壺が茣蓙に置かれた。

ぴん、と緊張の糸が張りつめる。

京四郎と五郎右衛門は余裕の笑みを浮かべて、勝負の行方を待っている。

「勝負!」

壺振りが壺を開けた。

全員の視線が賽子に向けられる。

「ピンゾロの丁!」

凛《りん》とした壺振りの声が響き渡ると、歓声とため息が交錯《こうさく》した。

真っ白な敷布に並んだふたつの賽子の、真っ赤な一の目が映えている。

「お侍、わしの負けです」

きっぱりと五郎右衛門は負けを認めた。

「勝負に勝ったことより、あんたの潔《いさぎよ》さに気分がいいぜ」

京四郎は前に積まれた駒札を両手で抱えあげ、帳場に向かった。

帳場で、百両に換金してもらう。

「ありがとうよ」

そのまま京四郎は、五両を五郎右衛門に渡し、

「みんなで一杯やってくんな」

と、言い添えた。

五郎右衛門はありがたく受け取り、

「どうですか。もっと、でかい勝負ができる賭場をご案内しましょう」

と、誘ってきた。

「身のほど知らずってことになるかもしれねえが、勝ち逃げってのは博打打《ばくちう》ちの風上にも置けないからな」

京四郎は誘いに乗った。

もしかすると、大炊堀の闇の部分をのぞけるかもしれない。

五郎右衛門は五十両を餌《えさ》に、京四郎から大金をふんだくろうとしているのではないか。丁の目が出たのはたまたまかもしれないが、それにしてもピンゾロとはいかにも出来すぎで、なんらかの細工を施《ほどこ》したようにも思える。

五郎右衛門は、

「すぐ近くです」

と、賭場を出て案内に立った。

行き交う客や商いをする者たちが、五郎右衛門に頭をさげる。

大岡は否定したが、やはりこいつが頭領なのではないか、と京四郎は勘ぐったが、早計だと自分を諌《いさ》めた。

やがて、檜造《ひのきづく》りの一軒家に至った。

「ところでお侍、失礼ですが、どちらさまで」

ここにきて五郎右衛門は、京四郎の素性を確かめてきた。

「なんだ、大炊堀じゃあ、身分の上下に関係なく遊べるんじゃないのかい」

にやりとして京四郎が返すと、

「いえ、そうじゃねえんで……」

五郎右衛門は前置きをしてから、

「これからも楽しく遊んでいただくためには、お名前を知っておいたほうがいいってことなんですよ」

と、言った。

そういうもんか、と京四郎は応じてから、

「直参旗本の次男坊、放蕩《ほうとう》息子の徳田京四郎だ。よろしくな」

と、五郎右衛門の肩を叩いた。

「徳田さま…わかりました」

五郎右衛門が言ったところで、気さくに返す。

「そんな堅苦しい呼び方はやめてくれ。京四郎でいいよ」

「では、京さまと」

遠慮がちに、五郎右衛門は呼んだ。

「よし、いいだろう」

上機嫌で、京四郎と五郎右衛門は一軒家に入っていった。

たちまち、玄関で何人かの男たちが、

「お疲れさまです！」

と、声をそろえる。

「気風《きっぷ》のいい挨拶だな。うむ、よく躾《しつけ》ができている。気分がいいぞ」

京四郎は快活に声をかけた。


なるほど、この賭場は上客が集まっているようだ。大店《おおだな》の商人風の町人、僧侶、それに侍もいた。五郎右衛門が、

「こちら、京さまですぜ」

と、京四郎を紹介した。

客たちはおのおの名乗ったが、仮の名であるのはあきらかだ。侍はどこかの大名家の重臣のようで、「山田」とだけ名乗った。

博打の賭け金は、一両からである。駒札には換えず、現金を張る。京四郎は勝ったり負けたりを繰り返し、半時ほどで切りあげた。

「またのおいでをお待ちしております」

愛想よく五郎右衛門に送りだされた。

三

「さて、やっぱり、てっちりでも食べるか」

京四郎がひとりごちていると、最初の賭場で中盆を張っていた男が往来を歩いているのを見かけた。京四郎と目が合うと、ぺこりと頭をさげてくる。

「おう、さっきはすまなかったな。どうだ、一杯」

京四郎は猪口《ちょこ》を傾ける格好をした。

「いいんですか」

たちまち男は相好《そうごう》を崩した。

「まさか、中盆を辞めさせられたわけじゃないんだろ」

冗談まじりに問いかけてみると、

「そりゃありませんや。ほかの奴と交代ですよ」

男は答えてから、「定吉《さだきち》です」と名乗った。

「そうかい。ならこのあと、仕事をしなくていいんだな。よし、思いきり飲もうぜ。美味い酒と食い物を出す店に連れていってくれ」

「お安い御用で」

定吉は、こちらです、と辞を低くして歩きだした。

定吉が案内してくれたのは、横丁のどんつきにある小屋だった。板葺き屋根の地味な建物で、しかも、心なしか傾いでいる。

浜辺の漁師小屋といった風情で、料理屋には見えない。

「しけた店ですが、味はたしかなんです」

こんな言いわけをしなければならないような店であった。

定吉は引き戸を開けた。

ひょっとしたら外見はぼろでも、中は高級料理屋もびっくりの装飾が施《ほどこ》されているのでは、とも思ったが、

「ほんと、しけた店だな」

京四郎が漏らしたように、店内は江戸市中のそこかしこにある安い縄暖簾《なわのれん》と変わらない。土間に縁台が置かれ、小あがりの座敷があった。

「親父、座敷を使うぜ」

定吉は声をかけると、「どうぞ」と京四郎を座敷にあげた。

親父と呼ばれた主人は、老齢の小柄な男であった。髪は真っ白、ひからびた肌、顔は土色でおまけに背中が曲がっている。

親父はこくりとうなずく。

「酒……灘《なだ》の上物をくれ。まずは冷やでいいぜ。それと、肴は任せるぜ」

奢《おご》りというせいか、定吉は景気がいい。

畳はけばだち、足の裏がざらざらすると思ったら砂がこびりついていた。

親父は仁兵衛《じんべえ》というそうだ。

仁兵衛はおぼつかない足どりで、徳利と湯呑を持ってきた。小柄な身体に着込んだ木綿の着物の裾を尻はしょりにし、料理人というよりは漁師のようだ。

「おい、掃除くらいしろよ」

京四郎は声をかけたが、仁兵衛は無反応だ。

「聞こえてるのか！」

声を大きくすると、

「お侍さま、今日はよい日和《ひより》だんべえなあ」

にこにこ笑いながら頓珍漢《とんちんかん》な答えを返し、仁兵衛は奥に引っこんだ。

「あの親父、耳が遠いんですがね。都合の悪い言葉は聞こえないっていう、都合のいい耳をしているんでさあ」

　定吉が笑った。

「食えない爺さんだな」

　怒る気にもなれず、京四郎も苦笑を浮かべた。

　両手で五合徳利を持ちあげ、定吉に酌をしようとすると、

「おっと、そいつはいけませんや」

　定吉は徳利を受け取り、京四郎に酌をした。自分の湯呑にも酒を注ぎ、

「ごちになりますぜ」

　と、頭をさげた。

　京四郎は、湯呑を口に近づけた。酒樽の檜が混じった、芳醇《ほうじゅん》な香が匂いたっている。本物の灘の酒であろう。

　清流のように澄みきった酒が、湯呑にたゆたっている。思わず生唾《なまつば》が口中に湧き、たまらずひと口飲んだ。

　さらりとしているが味わい深く、あっという間に咽喉《のど》を流れ落ちていった。

「美味い！」

　役目を忘れるほどの、よい酒だ。

上方からの下り酒は、関東地まわりの酒に比べて高価だ。上物ともなると一合三十二文はする。関東地まわりの酒が十二文なので、高級ぶりがわかろうものだ。なるほど、店はしけているが、酒は高級料理屋並だ。となると、肴も期待ができる。

「おい、定」

と、京四郎が呼びかけると、定吉は嬉しそうな顔をした。京四郎が自分に親しみを抱いてくれたと、好意を感じたのだろう。

「へい……あ、そうだ、なんとお呼びすればよろしいんですかね」

「五郎右衛門にも言ったが、京さんでいいよ」

「いやあ、さすがに京さんはまずいですよ。京さまと呼ばしてもらいますぜ」

定吉は恐縮した。

「定、仁兵衛は料理人なのか」

と、問いかけてから、

「おっと、大炊堀じゃ詮索《せんさく》なしだったな」

と、右手をひらひらと振った。

それでも定吉は、

「素性が知れねえ爺さんなんですよ。もっとも、大炊堀の住人は正体不明の連中ばかりですがね。国許から流れてきた無宿人《むしゆくにん》ばかりでさあ。あっしも深川のある賭場で厄介になっていたんですが、仲間と諍《いさか》いを起こして飛びだしたっていう、はぐれ者ですよ。で、仁兵衛ですがね、おかしな爺さんでして」

ほろ酔いかげんになった定吉は、やたらと饒舌《じようぜつ》になった。

一年ほど前、ふらりと仁兵衛は賭場にやってきた。

「五両ばかり負けたんですよ」

ところが、仁兵衛は五両どころか一文も持っていなかった。

「一文無しがよく賭場で遊べたな。帳場で札に換えないといけないだろう」

京四郎が疑問を呈すると、

「一両分の札を交換したんですがね、その一両、大炊堀のなかにある小間物屋から盗んだんですよ」

定吉は苦笑した。

「ほう、盗んだ金で博打か。やるな」

「博打で勝って倍にして返すつもりだった、なんてしゃあしゃあと抜かしやがって。まったく、食えない爺さんですよ」

定吉は肩をすくめた。

「それで、五郎右衛門はどうしたんだ」

京四郎が問いかけると、

「ほかのお客に示しがつかないんで、簀巻《すま》きにして海に放り投げろって、あっしらに命じたんですがね、爺さんが、一生のお願いです、料理を作らせてください、それでまずかったら、簀巻きでも首を刎《は》ねるでもなんとでもしてくださいって言いだしまして」

仁兵衛の必死の願いを、五郎右衛門は受け入れた。

「爺さん、そりゃ見事な包丁捌きでしたよ。鮟鱇鍋《あんこうなべ》をこさえたんですがね、あっという間に、鮟鱇を吊るし切りにして鍋をこさえて。それに、玉子を使った料理や、豆にしたっていい具合のやわらかさで。松茸《まつたけ》の入った茶碗蒸しなんて、そりゃあもう頬《ほお》が落ちそうでしたぜ」

料理の味を確かめた五郎右衛門は、仁兵衛を許し、この店をやらせたそうだ。

「ちんけな店構えは、わざとか」

京四郎の問いかけに、定吉は首を縦に振った。

「爺さんの腕で、建物も立派にしたんじゃ、評判になりすぎる。知る人ぞ知るって店がいいんだって、代貸が言ったんですよ」

「お待ちどおさんで。へへへ、うめえべえ」

そこへ、顔中くしゃくしゃにした仁兵衛が、大皿を持ってきた。彩りあざやかな、伊万里焼《いまりやき》の皿である。

その皿に、白身の魚の切り身が、円状に盛りつけられていた。

「てっさか」

感にたえない声で京四郎が言ったように、まさに河豚の刺身であった。

「こりゃ、ありがてえや」

定吉も大喜びだ。

皿の脇には、紅葉おろしが添えてある。

「あっしゃね、生まれて初めて、ここで河豚刺しを食べたんですがね。そんとき、こいつがあんまり薄いんで」

定吉が、箸で切り身をつまんだ。薄造りにされた河豚は、透き通っている。

「皿の絵柄しか見えなかったんですよ。ですから空っぽの皿が出てきたと思いこんで、親父、料理を忘れているぜ、なんて文句をつけちまったんですよ」

恥をかいた、と定吉は自分の頭を手で叩いた。

京四郎も笑い声をあげ、

「いいか、てっさ、河豚刺しってていうのはな、ちまちまと一片ずつ食うんじゃない。こうやって食べるんだよ」

と、箸を大皿の横に滑《すべ》らし、切り身を四、五枚つまむと、そのまま酢醤油に浸して口の中に入れた。

しっかりとした食感、嚙むほどに甘味が広がる。

「美味いぞ」

「京さま、そりゃもったいないですよ……」

そんな定吉の言葉には答えず、

「早く食え」

京四郎は次々と、河豚刺しを平らげてゆく。

それを定吉も真似たので、あっという間に河豚刺しはなくなった。

「親父、お替わりだ」

京四郎は調理場に向かって声をかけた。

「あいよ」

仁兵衛の声が返される。

「ほんとだ。都合のいいことは、ちゃんと聞こえてるぜ、爺さん」

京四郎と定吉は、おかしそうに笑いあった。

もはや、定吉はすっかりと上機嫌で酔っている。

「定、仲間を呼んでやりな」

京四郎が声をかけると、

「ええ、いいんですか」

遠慮しながらも勧めに従い、定吉は表に出ていった。

京四郎が酒の替わりを頼んでいると、ほどなくしてぞろぞろと数人の男たちが姿を見せた。いずれも、賭場を営む博徒たちだろう。

「さあ、飲め」

京四郎が声をかけると、

「京さまはな、太っ腹なお方だぜ。粋なのはお召し物だけじゃねえんだよ」

呂律《ろれつ》が怪しくなった口調で、定吉は言いたてた。いきなり連れてこられ、みな最初は神妙な顔つきだったが、酒が入るとたちまち打ち解けた。

「大炊堀というのは、いいところだな」

ふと、京四郎が感心したように言った。

「まさに、この世の極楽浄土ですよ」

声を高くして定吉が断ずる。

「誰の持ち物なんだ」

警戒されるかと思ったが、京四郎はずばり問いかけた。

だが、とくに隠しもせず定吉は答えはじめる。

「都のお偉いお寺ですよ。だから、お上も手出しができないって寸法でさあ」

もっとも、大炊堀が門跡寺院の所領なのは、公然たる事実だ。

問題はここからだろう。

「じゃあ、僧侶が大炊堀を束ねているのかい」

「お飾りですよ」

定吉が鼻で笑う。

「実際に束ねている頭領は、五郎右衛門ってわけか。おれは、いい男と知りあえたもんだな」

京四郎の言葉に、定吉が手を振った。

「いいや、代貸も頭領ってわけじゃないんですよ」

「じゃあ誰だ。おれは、ちょいと頭領に挨拶をしたくなってきたぜ」

「それが……」

そこで定吉は、仲間たちを見まわした。みな、ぽかんとしている。

「なんだ、どうした」

問いを重ねると、

「知らないんですよ」

定吉はぺこりと頭をさげた。

「知らないって……おいおい、そんな馬鹿なことはないだろう」

京四郎は顔をしかめた。

「そうでもないですよ。だって、そうでしょう。江戸の御奉行さまの名前を知らなくたって、暮らしていけるじゃありませんか」

酔っ払いらしからぬ定吉の反論に、思わず京四郎も同意してしまった。

「そりゃそうだな」

「京さま、難しいことを考える必要はねえよ。大炊堀じゃあさ、楽しく過ごせばいいんだよ。なあ」

定吉は仲間たちに声をかけた。

「そうですよ、ここは極楽浄土なんですよ。ほんと、極楽気分です」

仲間のひとりからも、そんな言葉が聞こえてきた。

「よし、ぱっとやるぞ。となったら、おまえらのようなむさ苦しい連中ばっかり
じゃ、どんな美味い酒や料理も味気ねえな」

京四郎が言うと、

「こりゃ、気がつきませんで」

定吉はぺこりと頭をさげ、

「よし、河岸《かし》を変えるぞ」

と、立ちあがった。

結局そのあと、京四郎たちは近くの料理屋に移り、芸妓を呼んで、どんちゃん
騒ぎとなった。芸妓たちは、江戸や関東の宿場から流れてきているようだった。

四

そのころ松子は、大店の裏木戸で門付《かどづけ》をおこなって歩いていた。
数軒まわって、山城屋《やましろや》という小間物屋に顔を出したところで、店の主人らしき
男から声をかけられた。

「あんた、うちの座敷で三味線を弾いておくれな」

「喜んで」

そのまま裏木戸をくぐると、

「いやあ、助かったよ」

やはり男は山城屋の主人で、文次郎《ぶんじろう》だと名乗った。

母屋の座敷に通される間にも、松子は文次郎に言いわけめいた口調でまくしたてられた。

「これから、ちょっとした宴を催《もよお》すんだけどね。いつも呼んでいる芸妓が風邪で寝込んでいたり、どっかのお大尽《だいじん》に呼ばれていたりしてね。男ばっかりじゃ寂しいなって思っていたんだ。ちょいと、彩りを添えてくれるだけでいいんだ」

「そりゃあもう、賑《にぎ》やかに盛りあげますよ」

任せてください、と松子は微笑《ほほえ》んだ。


そうこうしているうちにも、山城屋の座敷に続々と男たちが入ってきた。みな、山城屋の奉公人であるという。彼らは、食膳の前に行儀よく座った。

文次郎は、奉公人の慰労《いろう》をしようというらしい。

「へえ、旦那はお優しいですね」

松子が感心して見せると、

「みんなよく働いてくれるからね」

文次郎は目を細めた。

次いで、

「みんな、今日は遠慮なく飲んで食べておくれ」

と、奉公人たちに声をかけた。みな、いっせいに頭をさげる。

そうして宴が進んだところで、ようやく松子は三味線を弾きはじめた。誰ともなく、三味線に合わせて歌ったり踊ったりをはじめる。

調子よく三味線を弾き続けていると、いまや奉公人たちはすっかりいい気分になったようだった。

ふと見やると、文次郎の姿がない。切りのいいところで三味線を置き、廊下に出ると、文次郎の背中が見えた。

奥座敷の襖が開いており、男がふたり座している。身形《みなり》からして大炊堀の有力者だろう。頭領や抜け荷については聞きだせないにしても、大炊堀の内情を知るにはいい機会かもしれない。

松子は文次郎に追いつき、

「山城屋さん、すっかりお世話になりました」

と、声をかけた。

「いやこちらこそ、急な頼みですまなかったね」

振り向いた文次郎は、心付《こころづ》けをくれようとした。

「それより、あそこもお客さまですか」

と、奥をうかがった。

「ああ、ちょいとね……」

奥座敷を見やる文次郎に、松子が申し出る。

「では、ちょいと三味線を弾きましょうか」

「そうだね……あ、いや、それよりお酌をしてもらおうか。それとも、そんな芸妓の真似事は嫌かい」

穏やかな性格らしく、文次郎は気遣いを示してくれた。

「いえいえ、喜んでいたしますよ」

「そりゃ、ありがたいね。姐《ねえ》さん、別嬪《べっぴん》だから、みんな喜ぶよ」

調子のいいことを文次郎は言って、廊下を歩きだした。

奥座敷に入って、あらためて客のふたりを見てみる。

どちらも、貫禄をそなえた中年男だ。とくに、長羽織を重ねた男のほうは恰幅《かっぷく》もよく、厳《いかめ》しい顔立ちであった。ひょっとして、大岡が言っていた賭場の代貸だろうか。

果たして文次郎が、

「賭場の代貸の五郎右衛門親分と、廻船問屋《かいせんどんや》・湊屋《みなとや》さんの菊太郎《きくたろう》さんだ」

と、紹介した。

案の定、厳しい顔のほうが、五郎右衛門だった。

こちらの食膳には、さきほどの奉公人たちのよりも豪勢な料理が並んでいる。

大ぶりの鯛《たい》の塩焼き、煮鮑《にあわび》、鯉《こい》の洗い、松茸飯といった具合だ。

蒔絵《まきえ》銚子《ぢょうし》に入った酒は、上方の上等な清酒に違いない。

松子はお辞儀をしてから、銚子を持ちあげてお酌をはじめた。

「大炊堀は、本当に賑やかなところですね」

愛想笑いを浮かべ、松子は菊太郎に語りかける。

「まあ、稼いでいってくれ」

菊太郎はにこやかに答え、次に五郎右衛門の杯に酒を注ごうとしたところで、

「ああ、そうだ。五郎右衛門親分さんに、ちゃんとショバ代をお支払いしないといけませんね」

心持ち頭をさげて、断りを入れた。

五郎右衛門は杯で酒を受けながら、

「そんな気遣いは無用だ。大炊堀ではな、ショバ代なんて必要ない。遠慮なく商いをやりな」

と、上機嫌に返した。

「まあ、嬉しい。親分さん、太っ腹ですね」

「おれはな、賭場の親分だが、大炊堀を仕切っているわけじゃないんだ。大炊堀は、おれのシマってわけじゃないからな」

五郎右衛門は言い添えた。

「あら、そうなんですか。じゃあ、大炊堀を仕切っていらっしゃる親分さんとか頭領はどなたさまなんですか」

松子の問いかけには、文次郎が答えた。

「都の門跡寺院だよ。ここは、やんごとなきお方の御領地《ごりようち》なんだ」

「それは知っていますが、でもお坊さんが盛り場を管理していらっしゃるわけじゃないですよね。大炊堀を束ねていらっしゃる方は、どなたですか」

にこにこしながら松子は問いかけた。

「そうした人間はいないな。なあ、代貸」

文次郎に語りかけられ、

「そうだとも。ここは、身分の上下に関係なく楽しめる極楽浄土なんだからな」

五郎右衛門は言った。

「へ〜え。ほんと、この世の極楽ですね」

松子はひたすら感心をした。

「せいぜい稼げばいいさ」

またも、文次郎は気遣いを示した。

「ありがとうございます」

松子が酌を続けていると、黙々と杯を重ねる菊太郎宛てに文が届いた。菊太郎は文次郎と五郎右衛門に目配せをした。文次郎が、

「松子さん、もういいよ。十分だ」

と、愛想よく言い、心付けをくれた。

きっと、いまの文、よほど重要なことが記されているのだ。となると、確かめ

ずにはいられない。

松子は丁寧に礼を言い、座敷を出ると足音を立てて去ったふりをし、そっととどまる。次いで、耳を襖にあてたまま息を殺した。

「五日後に、抜け荷品を積んだ船が入港するよ」

菊太郎が言った。

「今度の荷はなんだね」

文次郎は声を弾ませる。

「いつものように唐渡《からわた》り、阿蘭陀渡《おらんだわた》りの品々だが、今回は西洋のギヤマン細工や甲冑、王さまや貴族が被る冠、それから貴婦人が身につける小間物もあるよ」

菊太郎の言葉を受け、文次郎が嬉しそうな声を出す。

「こりゃ、高値で売れそうだ」

「賭場の上客を集めて、競り市をやるか」

五郎右衛門の提案に、文次郎はちょっとだけ考え、

「そりゃいい。でもあれだよ。あくまで山城屋からの出展だからね」

「わかってるぜ。くどくど言いなさんな」

五郎右衛門は笑った。

「すまないね。ところでどうだい、最近の賭場は。景気のよい客はいるのかい」

「お馴染みさんばかりだから、そこそこ品物はさばけるよ……おっと、今日、おもしろそうな侍がやってきたな。旗本のどら息子だが、金まわりがいいうえに、気風もいい。気に入った品なら競り落としてくれるぜ」

五郎右衛門の話を聞き、

「旗本か」

文次郎は算段《さんだん》をしているようだ。その心中を察したのか菊太郎が、

「その旗本、信用おけるのかい……つまり、公儀の犬じゃないだろうね」

と、疑念を口に出した。

「犬には見えないが……ま、でも、用心に越したことはないな。競りの日まで同じように賭場に通ってきたなら、様子を見て声をかける。今日かぎりで姿を見せないかもしれんしな」

「でも、みすみす鴨《かも》を見逃す手もないよ。どんな侍だい……背格好とか顔つきとか。見かけたら、あたしも小間物を勧めながら見定めてやるさ」

商売熱心な文次郎は、上客になりそうだと声を弾ませる。

「京さまと呼ぶことにしたんだが、侍とは思えない派手《はで》な身形《みなり》なんだ」

と、五郎右衛門が、片身替わりの小袖姿だと説明した。

「それなら目立つね。よし、今度見かけたら声をかけてやるよ」

舌舐めずりせんばかりに文次郎は言った。

「欲張りだねえ」

菊太郎の呆れたような笑い声に、

「商人さ。稼がないでどうするんだよ」

心外だとばかりに文次郎は言い募《つの》った。

「ともかく用心に超したことはない。京さまが妙な動きをしないか、手下にも見張らせるよ」

と、五郎右衛門が、文次郎と菊太郎の間に入った。

そこで菊太郎が、念を押すように注意をうながす。

「そうだ、頭領もおっしゃっていたよ。お上の目が厳しくなってきたから、用心しろってな。競りの場には頭領も来ていただくよ」

頭領という言葉に引きこまれ、松子はつい襖にぶつかってしまった。

しまった、と思ったときには、襖が開いた。

咄嗟《とっさ》に松子は櫛《くし》を抜き、あたかも拾ったかのような素振りをした。

「なんだ、あんたか……どうした、忘れ物かい」

文次郎が警戒の目を向ける。

「すみません。うっかり、櫛を落としてしまって」

「そうかい」

幸い、文次郎はそれを信じたようだ。

「では、おやすみなさい」

今度こそ本当に、松子は立ち去った。

五

明くる日、夢殿屋で京四郎と松子は、大炊堀探索の成果を語らった。

「京四郎さまのこと、五郎右衛門が言っていましたよ。旗本のどら息子だって」

おかしそうに松子は言った。

「抜け荷品が競りだされる場に、なんとかして潜りこみたいな」

京四郎の言葉にうなずき、

「頭領も来るそうですからね」

松子は言った。

「頭領を捕まえてやれば、大岡さんもひと安心だろうさ」

「そうですよ。これは大きな仕事ですよ」

松子も興奮を隠せない様子である。

「松子、取らぬ狸の皮算用はするなよ」

「わかっています。あたしはこれでも、算盤は固めなんですよ」

松子は算盤玉を弾く真似をした。

「へ～え、そりゃ意外だな」

「京四郎さま、なんだか楽しそうですね」

「美味い酒と料理を味わえたからな。河豚だ。河豚の刺身を食べた。次は、鍋を食べるとするか」

河豚刺しの味わいを思いだすかのように、京四郎は目を細めた。

「河豚にあたらないでくださいよ」

「大丈夫だ。料理人の腕がたしかだからな」

「じゃあ……あたしも食べようかしら」

と、松子が応じたところで、

「許せよ」

と、武士が入ってきた。

大岡忠相であった。

「これは、御奉行さま」

松子はあわててお茶と菓子をそろえようとしたが、

「忍びで来た。気遣い無用じゃ。それより、徳田殿……」

と、大岡は京四郎を見た。

「奥へどうぞ」

気を利かせた松子が案内に立った。


奥の客間で、京四郎と松子は大岡に大炊堀探索の経緯を伝えた。

大岡はふたりに感謝し、満足げな表情を浮かべた。

「やはり、頭領がおるのですな。そやつの身柄を捕縛し、抜け荷を摘発《てきはつ》すれば大炊堀は潰せます」

「南町の捕方を差し向けるわけにはいかないんだな」

京四郎の言葉に、大岡は申しわけなさそうに首を垂れた。品川は町奉行の差配外であるうえに、品川の先に所在する大炊堀は門跡寺院の所領なのである。

「徳田殿におんぶに抱っこですみませぬ。せめて徳田殿が大炊堀の頭領を捕縛し、抜け荷を摘発する際には、隠密同心と小者、中間どもを大炊堀にひそませておきます。それで、徳田殿に加勢させます」

大岡は申し出た。

「そりゃ、心強いな。なら、合図を決めておこうか」

「そうですな……」

思案をする大岡に、

「わかりやすい方法がいいな……よし、火をつけるか」

と、京四郎は考えを示した。

「いや、それはちょっと」

顔を引きつらせ、大岡は躊躇《ためら》う。

町火消しを組織し、江戸を火事から守る立場の大岡が、町奉行所管轄外の大炊堀とはいえ、火付けを容認はできないのだろう。

ここで松子が代案を出した。

「半鐘《はんしょう》を打ちましょう。火事が起きてなくても、半鐘を鳴らせば大炊堀のどこにいてもわかりますよ」

「よし、それでいこう」

京四郎が賛同すると、大岡も受け入れた。

それから、

「そうだ。大岡さん。ちょっとした頼みがあるんだ」

「なんなりと」

「探索費用の追加だ。千両をくれ」

事もなげに、京四郎は頼んだ。

さすがに大岡は両目を見開き、しばし返事に窮《きゅう》した。ちょっとした頼みではないのだ。

京四郎は言い添えた。

「抜け荷品の競り市に参加するには、金まわりがいいところを見せないとな。昨日今日やってきた出来星《できぼし》のような侍は、警戒されてもおかしくはない」

「なるほど、それはよくわかりますが……」

「ここは、勝負に出るべきじゃないのか。名奉行、大岡越前守さん」

京四郎が迫るように言うと、ようやくのこと大岡は大きくうなずいた。

「承知しました。昼には届けましょう」

「さすがは大岡さま、剛毅《ごうき》ですね」

こんなところでも、松子は調子よく褒めあげた。

六

京四郎は五郎右衛門の賭場に通いながら、抜け荷品の競りについていかに切りだすか機会をうかがった。

賭場では景気よく金を張り、切りあげたときには金を置き、博徒たちには酒や料理を御馳走した。

定吉などはすっかり懐《なつ》いている。

「京さまほど気風のいいお方は、見たことも会ったこともないですよ」

仲間たちにも触れまわり、いまや京四郎は大炊堀ですっかりと有名人となった。

あちらこちらの店から声がかかり、京四郎も機嫌よく応じる。

山城屋をのぞいてみると、簪《かんざし》、櫛、笄《こうがい》などの髪飾りや財布、煙草入れなどが陳列している。珍しい阿蘭陀渡りの装飾品なども並べてあった。

京四郎は手あたり次第に小間物を手に取り、次々と買った。手代《てだい》はへいこらしながら京四郎についてまわる。

十点ほど買うと、

「風呂敷を用意いたします」

と、品物を丁寧に包装して風呂敷に包んだ。

「京さまでいらっしゃいますか」

と、愛想のいい声がかけられた。

紬の着物に羽織を重ねた中年男、聞かずとも主人の文次郎だと見当がついた。

「よく知ってるな」

京四郎が返すと、

「そりゃ、大炊堀で京さまを知らない者はおりませんよ」

文次郎は名乗って、深々とお辞儀をした。

「そうかい」

そっけなく京四郎は返す。

文次郎は上目遣いとなって、問いかけてきた。

「品物はお気に召しましたか」

「正直なところ、がっかりだな」

京四郎の言葉に、文次郎は怪訝な顔をした。

「ずいぶんとお買いあげくださいましたが……お目あての品はございませんか」

「大炊堀の小間物屋、山城屋なら、もっと珍しい品々がそろっていると思ったんだ。これじゃ、江戸市中に店をかまえる小間物屋とさして変わらないものな。わざわざ、足を運んでくるまでもないって思っただけだぜ」

小間物屋の沽券《こけん》にかかわる言葉を返すと、

「どのような品を……あ、すみません。気が利きませんで。お茶でも」

あわてて京四郎を案内し、客間に向かった。

客間でお茶と羊羹を出され、

「京さま、どのような品物がお好みなのですか」

あらためて文次郎は尋ねてきた。

「渡来物だな」

「唐渡りとか阿蘭陀渡りの品々ですか」

と眺《なが》めた。

「阿蘭陀にかぎらず、西洋の品がいいな。見た目が派手でいいじゃないか」

京四郎の言葉を聞き、文次郎は納得したように、片身替わりの小袖をしげしげ
「そうですか、では」

文次郎は両手を打ち鳴らし、女中を呼びつけると、

「阿蘭陀渡りのお茶とカステラを持ってきておくれ」

「菓子はいいよ」

断る京四郎を見て、文次郎は自分の額をぴしゃりと叩いた。

「これは気がつきませんで……おい、葡萄《ぶどう》のお酒と肉料理を持ってきなさい」

「すまねえな」

京四郎は言った。

ほどなくして、ギヤマン細工の酒器に入った真っ赤な酒が運ばれてきた。

「すぐに、肴も届きます」

文次郎は言ったように、すぐに阿蘭陀渡りの皿に肉が盛りつけられてきた。

「牛の肉料理で、ローストビーフと阿蘭陀人は呼んでおります」

箸で、肉の一片をつまんで口に運ぶ。

濃厚な出汁に味付けられた肉は、意外にもやわらかであった。

なるほど、この料理には葡萄酒が合う。河豚刺しの対極にある味わいだ。

「ご満足いただけましたか」

文次郎は期待をこめて問いかけてきた。

「ああ、美味いな。やはり、阿蘭陀渡りの物はいいな」

京四郎が満足を示すと、文次郎は深くうなずいた。

「ところで、近々、別の阿蘭陀渡りの品が届くのです」

「ふ〜ん。でも、あれだろう。言っちゃあなんだが、ありふれた品だろう」

いかにも興味がなさそうに、京四郎は確かめた。

「いえいえ、きっと喜んでいただける品をお目にかけることができます」

自信たっぷりに文次郎は言いたてた。

「そこまで言うんなら、入荷したら買いにくるか」

さして関心なさそうに、京四郎は返した。

「それが……店には並べますが、並べない品もありまして、そちらのほうが珍しくて値打ちがあるのですよ」

「店で売らないということは、すでに買い手が決まっているんだな」

「いえ、そうじゃありません」

文次郎は首を左右に振った。

「どういうことだ」

ここで京四郎は真顔になった。

文次郎はひと呼吸置いてから、

「ある取り引き……と申しましょうか、そのときに行き場をなくした宝物が数点残っておりまして。事情がありまして表で売り買いするわけにもいかず、競りにかけることにしたのです」

と、勿体《もったい》をつけて告げた。

「ほう、競りな。ここでやるのか」

「当日、うちに来てくだされば、ご案内申しあげます」

文次郎は半身を乗りだした。

「わかった。楽しみにしているよ」

京四郎の参加の返事を受け、文次郎は恭《うやうや》しくお辞儀をした。

「ちなみに、競りに参加するのは金持ちの商人ばかりだろうな」

「みなさま、信頼のおける方々ばかりです」

「ってことは、おれのことも信頼しているのかい」

からかうように、京四郎は問いかけた。

「むろんでございます」

表情を引きしめ、文次郎は信頼の情を伝えてきた。

「わかったよ」

京四郎はローストビーフをむしゃむしゃと食べ、葡萄酒を飲んだ。

さて、これでいい。

「いやあ、京さまと知りあえてよかったですよ」

満足顔で言う文次郎に、

「知りあったのを後悔しなけりゃいいがな」

京四郎は笑った。

七

霜月六日、競り市の日となり、京四郎はふらりと山城屋に姿を見せた。

文次郎が、下へも置かない丁重な態度で出迎えてくれた。

「ご案内いたします」

腰のものは店であずかります、と言われ、京四郎は大刀と脇差を差しだす。

次いで、山城屋の裏手にある持仏堂《じぶつどう》へと入った。都合がいいことに、火の見櫓《みやぐら》はすぐ近くで、階《きざはし》をのぼれば半鐘が打てる。

火の見櫓の位置を確認してから、持仏堂の中に入った。中は広い板敷になっており、籐椅子が並べられ、そこに何人かの男が座っていた。みな、五郎右衛門の上客向きの賭場で見かけた者たちだ。

みな、京四郎の顔と素性は知っているため、不審感を抱かれることはなかった。

椅子の前には木の台が置かれ、そこに競る品が並べられるのだろう。

台の横には文次郎と五郎右衛門が立ち、周囲には五郎右衛門の手下が警護のために立っていた。

そこへもうひとり、男が入ってきた。

男は廻船問屋・湊屋の主で、菊太郎だと名乗った。文次郎がみなに挨拶をしてから、競りの品が運ばれてきた。

「お待たせしました」

文次郎が客に語りかけると、山城屋の奉公人と思われる男たちが、大きな白木の台を運び入れた。

「まずは、これを」

最初に持ってこられたのは、青磁《せいじ》の壺《つぼ》だった。

「清国《しんこく》よりの渡来品でございます」

文次郎はいったん言葉を止め、客たちを見まわした。

客の視線を受け止めながら、

「まずは、百両でいかがでございましょう」

と、値付けをする。

「百十両」

ひとりが声を出した。

文次郎は、

「いかがでございます」

京四郎のほうを見る。

「百二十両」

京四郎は右手をあげた。

「百四十両」

山田と名乗る侍が、いちだんと声を張りあげた。京四郎は黙ってうなずいた。

「では、この壺、山田さまが落札いたしました」

文次郎は静かに告げ、壺は壁面に置かれた。

「続きまして……」

文次郎の言葉とともに、今度は黄金の輝きが眩《まぶ》しく映える品が出てきた。

「金箔を施《ほどこ》した杯でございます。古《いにしえ》の蒙古《もうこ》帝国の皇帝の品と伝わっております。どうぞ、お手に取ってご覧くださいませ」

文次郎は、山城屋の奉公人をうながした。奉公人は袱紗《ふくさ》で包んだ杯を、まずは山田の前に置いた。

「ふむ、見事なものじゃ」

山田は愛《め》でるように撫でた。奉公人は続いて、京四郎の前に杯を置く。

ずしりとした重みと、まばゆいばかりの輝きが目を射た。

「まさしく、逸品だな」

京四郎は感嘆の声をあげた。

嘘偽りではなく本音だ。

「よろしいでしょうか」

文次郎は落ち着きを見せつつ、

「五十両からまいりましょうか」

前の品が百両だっただけに、意外にも思えるほど小額であったが、それでも五十両といえば大金である。

「六十両」

京四郎がまず値をつけた。

「七十両」

山田が応じる。もうひと声かけようと思ったが、なにも無理して競り落とさなくてもよいのだ。

京四郎がうなずくと、文次郎が淡々と言った。

「ではこの杯も、山田さまがお買いあげくださります」

次は、水墨画だった。あざやかな筆使いで、深山幽谷《しんざんゆうこく》が描かれている。

「雪舟《せっしゅう》作でございます」

文次郎が説明を加えた。

「五十両からまいりましょうか」

「七十両」

ひとりの商人が声をあげると、

「八十両」

別の商人が応じる。

「百両」

京四郎が値をつけると、これには追随者《ついずいしゃ》は出なかった。

「これは京さまがお買いあげということでございます。ありがとうございます」

「まこと、すばらしき品ばかりだ」

「ありがとうございます。喜んでいただければ、これにすぐる喜びはございませんせん」

文次郎も儲かって嬉しそうだ。

「では」

次に運びこませたのは、西洋の椅子だった。ビロードの革張りが施された逸品で、西班牙《すぺいん》の皇帝が使用していたという。

西洋の品が欲しいと言った手前、これは京四郎が百五十両で落札した。

そのあとに続いた品も、西洋の逸品たちだった。

露西亜《ろしあ》皇帝の后《きせき》が所有していた首飾り、仏蘭西《ふらんす》の国王が所持していた王冠といった品々を、京四郎は三百両と四百両で競り落とした。

さて、軍資金はまもなく底をつく。これだけの証拠品があれば、抜け荷の摘発はできるかもしれないが、大炊堀の頭領を見定めたい。

持仏堂のなかは、高価な品々が次々と落札され、大いなる熱気に包まれている。客たちは興奮気味に、次の品への期待を語りあっていた。

客たちとは裏腹《うらはら》の冷静さで、五郎右衛門が文次郎に近づいた。さりげなく京四郎は競り落とした王冠を頭上に掲《かか》げ、ふたりに近づく。

「こりゃ、見事なもんだ」

王冠を見あげながら、耳をそばだてた。

五郎右衛門が、

「まもなく頭領がおいでなさるぜ」

と、文次郎に告げた。

「わかったよ」

文次郎の顔が、緊張で引きしまった。

よし、一網打尽にしてやろう。

「ちょいと厠《かわや》だ」

京四郎は王冠を台の上に置いて、持仏堂を出た。庭を横切り、木戸の外に出ると、火の見櫓の下に歩み寄った。

次いで、梯子《はしご》に足をかけたところで、

「お侍さま、なにをしてるべえ」

背後からしわがれ声が聞こえた。

びくっとなって振り返ると、料理人の仁兵衛が立っている。

驚きと戸惑《とまど》いで口ごもっていると、

「火事なんか起きてねえべな。半鐘なんぞ、鳴らしたら大炊堀は大騒動だんべえ」

仁兵衛はにこやかだが、目は笑っていない。射すくめるような鋭い眼差しであった。

「おれは高いところが好きでな。火の見櫓の上から、大炊堀を見まわしたくなったんだ」

落ち着きを取り戻し、快活に返したが、

「とぼけるでねえ。おめえさま、公儀の犬じゃないかね」

仁兵衛は懐に呑んでいた包丁を取りだすと、京四郎の帯に突きつけた。

丸腰の身に、刃物は分《ぶ》が悪い。

老人とはいえ、包丁は一流の料理人らしくピカピカに研がれ、いかにも切れ味鋭そうだ。

「来い。来ねえと、膾《なます》のように切り刻んでやるぞ」

仁兵衛の言葉は、おおげさではあるまい。薄造りにされた河豚の切り身が、なによりの証拠だ。

「おれを膾にしても美味くないぞ」

冗談というより強がりを返して、京四郎は仁兵衛とともに持仏堂に戻った。

その様子を、路傍《ろぼう》の物乞いが見ていた。

八

松子は三味線を弾きながら往来を歩き、半鐘の合図を待っていた。

するとそこへ、物乞いが駆け寄ってきた。

松子が身構えると、物乞いは南町奉行所の隠密目付だと素性を明かし、京四郎が山城屋の持仏堂内の牢に押しこめられたと告げた。

「まあ、大変……どうしましょう」

松子は激しく動揺した。

隠密目付は、なんとか京四郎を牢から出してくれ、と頼んできた。

京四郎の身が安全だと確認できれば、大炊堀内にまぎれている捕方が持仏堂に押し入ることができるらしい。

自分にできるかどうかわからないが、やるしかない。

松子は山城屋に急いだ。


牢とは、持仏堂近くに設けられた鶏小屋だった。ただし、鶏小屋の前には、五郎右衛門の手下と思《おぼ》しき、ふたりのやくざ者が見張りをしていた。

敵は競りが終わってから、京四郎を取り調べるなり殺すかするつもりなのだろう。粗末な板葺き屋根の小屋の周囲には網が張られ、十羽あまりの鶏が行き交うなか、京四郎は腕枕をして横になっていた。

松子は三味線を弾きながら、木戸をくぐっていった。

「おい、入ってくるんじゃねえ」

やくざ者のひとりが凄《すご》んだ。

松子は撥《ばち》を止めて返す。

「あら、山城屋の旦那さまに呼ばれたんだけど」

ふたりは顔を見あわせたあと、ひとりが文次郎に確かめようと持仏堂に歩きかけた。

「ちょいと」

呼び止めて男が立ち止まるや、松子は三味線を振りまわした。顔面を三味線で殴られ、男は仰向けに昏倒した。

「な、なんだ……」

もうひとりが、あわてふためいて松子に向かってきた。松子は、三味線の柄を握り直した。しかし、胴は破損している。

しまった、と松子は逃げだそうとしたが、男に腕をつかまれてしまった。

「離して」

腕をばたばたとさせたが、男の力にはかなわない。

すると、鶏小屋の戸が開き、京四郎が駆け寄ってきて、男の首筋に手刀を打ちつけた。男は膝からくずおれた。

「ありがとうな」

京四郎は松子に礼を言った。

「捕方が合図を待っていますよ」

松子は隠密目付から、京四郎の危機を知らされたと教えた。

「松子、半鐘を鳴らしてくれ。おれは、ひと暴れするぜ」

京四郎は丸腰のまま持仏堂に入った。

持仏堂の中では、

「最後の品でございます」

と、文次郎が声を放っていたが、突然現れた京四郎を見て口を半開きにした。客たちは文次郎の視線を追い、京四郎を見た。五郎右衛門と仁兵衛は何事か語っていたが、やはり京四郎に視線を向けた。

京四郎は仁兵衛に近づき、詰問口調で語りかけた。

「あんたが頭領だったんだな。そういやあ、あんたの言葉には房州訛りがあるものな。初めてあんたを見たとき、漁師のようだと思った。根拠のない思いこみだから、それ以上は踏みこまなかったがな。迂闊《うかつ》だったよ。まんまと騙《だま》されたが、料理の腕は本物だ。河豚に免じて許してやりたいが、そうもいかない」

仁兵衛は薄笑いを浮かべるばかりだ。

五郎兵衛が、

「かまわねえ、やっちまえ！」

と、大きな声を放った。

手下がやってきて、客たちは持仏堂の片隅に移る。侍の山田は身を縮《ちぢ》こませ、誰よりも怖がっていた。

賭場の中盆を務める定吉が、

「京さま……」

と、京四郎を見て驚いていた。

どうやら定吉は、本当に仁兵衛が頭領だと知らなかったようで、

「爺さん、こんなところでなにをやっているんだい」

と、訝《いぶか》しんだ。

それを、

「つべこべ言ってねえで、早くやれ！」

五郎右衛門に怒声を浴びせられ、仲間と一緒に殴りかかってきた。身に寸鉄《すんてつ》も帯びていない京四郎は、抜け荷品のひとつ、西班牙皇帝の椅子を両手に持った。

「痛いが我慢しろよ」

京四郎は殺到する定吉たちを、次々と椅子で殴った。力任せにぶんぶんと振りまわすと、定吉たちは椅子の餌食となって床に倒れてゆく。

「さすがは皇帝の椅子だな。やくざどもを殴ってもびくともしてないぞ」

京四郎は感心して床に椅子を置き、どっかと座った。ビロードの革張りが心地よい。

そのとき、半鐘が打ち鳴らされた。松子が打っているに違いない。客たちは火事だと騒ぎだしたが、京四郎に睨《にら》まれ動けない。

「そうだ」

京四郎は、台に置かれた仏蘭西国王の王冠を手に取った。金で作られ、真っ赤な石が装飾されている。

京四郎の油断をつき、唐人服を着た大道芸人が襲撃してきた。青龍刀を呑んだ男だ。いまは青龍刀を頭上に掲げ、血走った目で京四郎に迫る。

男が青龍刀を振りおろした。

咄嗟に、京四郎は王冠を被った。

脳天に衝撃が奔《はし》ったが、王冠は無傷。ということは、京四郎の頭も無傷だ。

渾身の力をこめた一撃を繰りだしたとあって、男は手首が痺《しび》れたようで次の攻撃に移れない。

京四郎は椅子に座ったまま、右足で男の腹を蹴飛ばした。大道芸人は、背後にぶっ飛んでいった。

「だらしねえぞ」

五郎右衛門が長脇差を抜き、京四郎に向かってくる。

京四郎が頭の王冠を投げつけると、五郎右衛門は長脇差で払いのけた。

次に京四郎は、両手で青磁の壺を持ち、五郎右衛門に向き直った。

五郎右衛門は長脇差を振りかぶって凄《すご》んだが、

「うるせえんだよ」

京四郎は椅子に駆けのぼるや跳躍し、壺を五郎右衛門の脳天に叩き落とした。

青磁の壺が割れ、五郎右衛門は仰向けに倒れた。

「あぁあ〜」

壺を落札した山田が、悲鳴を漏らした。

「勘弁してくれ」

ひとこと詫びてから、京四郎は仁兵衛の姿を探した。

まさにいま仁兵衛は、出入り口に向かっているところだった。

京四郎は追いかけ、外に出た。

と、炎が噴きかけられ、咄嗟に身を伏せる。

頭上を、炎の柱が奔った。

京四郎は地べたを転がってから、急いで立ちあがった。唐人服を着て、火を噴いていた大道芸人である。

仁兵衛は火噴き男の背後に隠れ、

「焼いてやるべえ」

と、男をけしかけた。

大道芸人の狙いを外そうと、京四郎が移動しようとしたところで、後ろから羽交い絞めにされた。

鶏小屋で見張っていたひとりが、息を吹き返したようだ。

大道芸人が腰を落とし、火を噴こうとした。

そこへ、

「火事だあ！」

松子が駆けこんできて、桶に汲んだ水を顔面に浴びせた。

火を噴けず、大道芸人は松子を睨み返した。

その隙をつき、京四郎は後ろのやくざ者の足を踏んだ。男の力がゆるみ、京四郎は飛びだすや火噴き男に駆け寄り、飛び蹴りを食らわせた。

大道芸人は仁兵衛ごと、背後に倒れた。

そこへ、ようやくのこと捕方が殺到《さっとう》した。

京四郎は仁兵衛の襟首をつかんで引き立たせると、捕方から大刀を借り、仁兵衛の帯を斬った。

着物がはだけ、仁兵衛の上半身があらわになる。

右の肩口に、鮫の彫り物があった。

「あんたが房州の鮫蔵かい」

京四郎が問うと、

「違うべえ。鮫蔵親分は、どこかで生きていらっしゃるべ。といっても、わしも親分のことなぞ、なんにも知らねえがな」

捨て台詞を吐き、仁兵衛は捕方のお縄を受けた。

「松子、見事な火消しだったな」

ふたたび、京四郎は松子に礼を言った。

「どういたしまして。でもこのネタで、大炊堀に火を付けますよ」

松子は読売と草双紙で、無敵の素浪人・徳田京四郎の大炊堀退治を取りあげると意欲を示した。

読売屋魂というより、商魂たくましい松子を、京四郎は感心の目で見つめた。

大岡忠相からお礼に御馳走をしたい、と誘われ、京四郎は松子と一緒に指定された店にやってきた。京四郎の要望どおり、高級ではないが洒落《しゃれ》た小料理屋で、知る人ぞ知る名店の趣《おもむき》があった。

奥の小座敷に入ると、大岡が待っていた。

裃《かみしも》ではなく羽織袴の気楽な格好だ。

まず大岡は、大炊堀壊滅の礼を述べたてた。

大炊堀は閉鎖されたが、所領主である門跡寺院は、監督不行き届きの責任こそ咎《とが》められたものの、大炊堀の地を没収されただけで、それ以上の罪には問われなかった。

房州の鮫蔵は依然、捕まっていない。行方が知れないといえば、村木戸秀太郎もだ。

未解決の問題は残っているが、今夜は名奉行の接待を楽しもう。

「なにを食わせてくれるんだ」

京四郎が問いかけると、

「くれぐれもご内聞《ないぶん》に願いたいのですが」

と、大岡は真顔で頼んでから、

「河豚です」

と、言った。

小僧が悪戯《いたずら》を見つかったときのような、ばつの悪そうな笑顔になっている。

「御奉行さまの頼みだ、守らなくちゃな」

京四郎は松子に語りかけた。

「もちろんですとも」

松子も口をへの字に閉ざす。

ほどなくして、大皿に盛りつけられた薄造りの河豚と酒が運ばれてきた。すぐに鍋の用意も整える、と大岡は告げた。

「遠慮なく」

京四郎は大皿に箸を滑《すべ》らせ、河豚の切り身を四枚ほどすくい、紅葉おろしの入った酢醤油につけて、口に運んだ。

しゃきしゃきとした食感に、酢醤油で引きたった甘味が口中に広がる。
だが……。
仁兵衛の薄造りのほうが美味かったな。
京四郎は大岡をはばかって、内心でつぶやいた。

第四話　唐茄子の別れ

一

日々寒さが募《つの》る霜月なかばの夜であった。

「すまぬ……すまぬ」

と、雨戸が叩かれる。

薄い霧がかかった松子の脳裏に、男の声が響いている。妙な夢を見たのかと、松子はまどろんで寝返りを打った。

すると、

「開けてくれ」

はっきりと切迫《せっぱく》した声が聞こえた。

いまごろ誰……。

好奇心よりも警戒心が勝《まさ》り、松子は身構えた。こうなると頭が冴えてしまい、寝られるものではない。

そこへ追い討ちをかけるように、

「頼む、開けてくれ」

という声が聞こえた。

あの声……聞き覚えがある……。

そうだ！

「鴨川秀太郎さま……」

松子は飛び起きると、手燭《てしょく》を用意し寝間から縁側に出た。次いで、深呼吸をして落ち着かせる。

雨戸越しに、

「秀太郎さまですか」

と、問いかけた。

「いかにも」

秀太郎の答えが返された。

こんな夜更けに前触れもなく訪ねてくるとは、よほどの事情であろうが、恐怖心も募る。よもやとは思うが、金品を狙っているのかもしれないのだ。

いや、秀太郎はそんな狡猾《こうかつ》な男ではない。きっと、松子を頼らねばならぬくらい、追いつめられているのだ。

「ちょっと、お待ちください」

松子は雨戸を開けた。

「すまぬ」

身を切るような寒風とともに、秀太郎は倒れこむように身を入れてきた。手燭の灯りに照らされた秀太郎は、髷や着物の衿が乱れている。肩で息をし、いかにも憔悴《しょうすい》していた。

事情を確かめようとしたがまずは休んでもらおうと、松子は肩を貸して秀太郎を寝間に入れた。

何者かに追われているようだ。すばやく雨戸を閉じる。

果たして、寒夜を呼子《よびこ》の音が震わせ、複数の足音が響く。

「どこへ行った」

「あっちだ」

などというやりとりから、秀太郎を探しているようだ。

松子は行灯《あんどん》の芯を太くし、寝間を明るくした。ぼんやりと秀太郎が浮かぶ。次いで、松子は火箸で火鉢の炭を掻き混ぜ、火を盛《さか》んにする。

秀太郎は、座しているのもつらそうだ。頬が痩《こ》け、月代や無精髭が伸びており、秀太郎の特長であった武士の品格が失われていた。食欲はないかもしれないが、なにか食べれば気力や体力は回復するだろう。

「お腹、空いていらっしゃるんじゃないですか」

松子が問いかけると、返事の代わりに秀太郎の腹の虫が鳴った。秀太郎の返事を待たず、

「お待ちください」

松子は寝間から台所に立ち、急いで握り飯に沢庵を添えて戻ってきた。

「あいにく、こんな物しかありませんが……」

松子は握り飯を盛った皿を、秀太郎の前に置く。

秀太郎は軽く頭をさげてから、握り飯に手を伸ばした。ひと口食べると食欲が湧いたようで、あっという間に大ぶりの握り飯をふたつ平《たい》らげてしまった。

表情がやわらいだと思うと、

「面倒をかけたな」

立ちあがろうと秀太郎は腰を浮かした。

「追われているのですか」

松子の問いかけには答えず、

「ならば、これでな」

勢いよく腰をあげた。

秀太郎は出ていく気だ。長居すると松子に迷惑をかけると、遠慮しているのだろう。

「まずいですよ」

「大丈夫だ。捕方は去ったようだ」

安心させようとしてか、秀太郎は笑顔を取り繕《つくろ》った。

「いけませんよ。捕方はしつこいです。通りすぎても、この界隈に岡っ引を張りつかせているかもしれません。実際、うちにネタをよく持ちこむ、でか鼻の豆蔵という十手持ちは、そりゃもう性質《たち》が悪いんですから。秀太郎さまを見つけて褒美にありつこうって、大きな鷲鼻《わしばな》をくんくんさせていますよ」

説得力を持たせようと、豆蔵を持ちだした。

それでも、

「しかし……」

秀太郎は躊躇《ためら》った。

こうなったら意地だ。

出ていかせまいと、松子は早口で話を変えた。

「それより、どうなさったのですか。突然、行方を眩《くら》ましてしまわれて。とっても心配していたんですよ」

「そうか……」

秀太郎は腰を落ち着けた。

出ていこうと逸《はや》っていた気持ちが、ゆるんだようだ。

「深いご事情があったのでしょうが……あれから、いろいろな出来事があったのですよ」

松子は、村木戸家の浪人たちや工藤平治、川崎仁三郎との対決、大野右京の廃屋敷騒動、鮫蔵一味が抜け荷品を売りさばいた大炊堀での出来事をかいつまんで話した。

耳を傾《かたむ》けていた秀太郎はうなずき、

「拙者が甘かった……拙者さえ姿を消し、隠し金と血判状を公儀が無事に回収すれば、それで問題は落着だと考えていた。だが拙者の不在が、かえって騒ぎを大きくしてしまったようだな」

ため息を吐き、秀太郎は反省の弁を述べたてた。

「いままで、どこにいらしたんですか」

松子は問いかけた。

「関八州を旅しておった。と申しても……そうじゃな、回国修行《かいこく》を名目《めいもく》としておった」

回国修行、すなわち武者修行であれば、浪人のひとり旅でも怪しまれない。秀太郎の剣の腕がどれほどなのかはわからないが、剣の修行に立ち寄る旅人を、道場は粗略《そりゃく》には扱わない。

秀太郎も、路傍《ろぼう》で行き倒れになる心配はなかっただろう。

「秀太郎さまは、町奉行所に追われていらっしゃるのですか」

なぜだという問いを言外に含んで、松子は聞いた。

「拙者を捕縛する役目は、南北町奉行所が担《にな》っておる。町奉行に命じておるのは老中……ということは、公儀に嫌われておるようだな」

秀太郎は自嘲気味な笑みを放った。

追われている理由を、なおも松子は待った。

秀太郎は松子の心中を察してか、静かに語りはじめた。

「公儀は、拙者と房州の鮫蔵が、結託《けったく》していると推量しておるのだろう」

迷惑千万だ、と秀太郎は眉間に皺《しわ》を刻んだ。

「秀太郎さまと鮫蔵が結託しているなんて、そんな馬鹿な。だって、村木戸家の隠し金が大野右京の廃屋敷に隠してあると、秀太郎さまは目安箱に投書して、公儀に教えたのではありませぬか」

松子も秀太郎同様、疑問と不満、怒りを感じた。

「それが裏目に出たようだな。拙者はつくづく読みが甘い」

秀太郎は苦笑した。

「どういうことですか」

「おそらくは、公儀御庭番、兵藤卯之助の策謀であろう」

悔しさを示すように、秀太郎は唇を噛んだ。

松子は大きくうなずき、

「そうです、兵藤卯之助こそが房州の鮫蔵一味と結託しています。鮫蔵一味の抜け荷を探索しながら、いつの間にか裏切ったのだと、大目付の友川さまがおっしやっておられましたよ。ですから、友川さまは秀太郎さまをお疑いではありませぬ。大目付を辞されたようですが、友川さまに訴え出られてはいかがでしょう。きっと、お味方になってくださいます。なんでしたら、あたしもご一緒……いえ、町人の身で秀太郎さまと同道など畏《おそ》れ多いですから、お使いにまいりましょう。書状をしたためてください」

興奮のあまり、松子は饒舌《じょうぜつ》になった。

「難しいな。友川殿はともかく、公儀は拙者を、卯之助や鮫蔵と同じ穴の貉《むじな》だと見なしておる」

「でも、埋蔵金の在処《ありか》を、公儀に教えたじゃありませんか」

むきになって松子は繰り返した。

「おおかた、拙者が公儀を欺《あざむ》くために投書した、とでも勘繰っておるのだろう。公儀が大野の廃屋敷を探る前に、拙者が卯之助に持ち逃げさせた、とな。公儀は疑り深いが、拙者の不徳のいたすところでもある。何度も繰り返すが、なにより拙者は甘かった……江戸から姿を消せば、抜け荷や村木戸家再興の騒動から、いっさい身を引くことができると考えたのだからな……」

秀太郎は我が身を責め、肩を落としてうなだれた。顔は見えないが、絶望に覆《おお》われているに違いない。

このままでは、秀太郎は罪悪感に蝕《むしば》まれて自滅する。自暴自棄《じぼうじき》になって自害するか、奉行所に自首するかもしれない。奉行所は、秀太郎の身の潔白を信じはしないだろう。

身の証を立てるには、秀太郎自身が強い意志で行動しなければならない。それにはまず、秀太郎の沈んだ気持ちを奮いたたせることだ。

しかし、意気消沈の秀太郎を立ち直らせる妙薬などはない。それでも、なにもしないでは、悪化の一途をたどるだけだろう。

こうなったら、一《いち》か八《ばち》かだ。

「ご無礼を申しあげますが、甘かったのに加えて、無責任だったのではありませんか。このまま、ずっと逃げまわっておられるのですか」

あえて松子は非難した。

言ってから、

「言いすぎました」

と、頭をさげた。

秀太郎は顔をあげた。

虚《うつ》ろな目が光を帯び、表情が引きしまった。最初に鴨秀で見たときの、武士の品格が戻っている。

「いや、謝ることはない。そのとおりだな。拙者は逃げてばかりの生きざまだ。難題が降りかかるのを避け、ひたすら、安寧《あんねい》を求めてしまった」

「では、これから、どうなさいますか……ご自分の身の潔白を、あきらかになさってはいかがでしょう」

「うむ、そのつもりじゃ。弱音、泣き言を聞かせてすまなかったな」

秀太郎は決意を示した。

「その意気ですよ」

「……実際、これからいかにするかは、これからの思案だがな……」

曖昧《あいまい》に秀太郎は口ごもる。

松子はじっと見返した。

「秀太郎さまが覚悟をお決めになられたのなら、及ばずながらあたしは読売で応援します。それに、徳田京四郎さまが味方になってくださいますよ」

成り行きで、京四郎の許しを得ることなく勝手に請け負ってしまった。

「徳田殿……」

秀太郎は首を傾げた。

「天下無敵の素浪人、徳田京四郎さまとおっしゃいましてね……」

と、松子は工藤平治や川崎仁三郎の悪企み、房州の鮫蔵一味が暗躍していた大炊堀の暗所を粉砕《ふんさい》したお人です、と説明を加えた。

「ほう……そのような大功を立てられたとは、徳田殿というお方、何者だ。ただの素浪人ではあるまい」

興味津々の目で秀太郎に問われたが、

「天下無敵の素浪人としか、あたしも知らないのです。ああ、そうだ。最初に鴨秀をのぞいたとき、一緒にいたお侍さまですよ」

松子は曖昧に誤魔化したが、

「ああ、あのときの……たしか、片身替わりの華麗な姿であったが……ふ〜む、あのご仁がそのような豪傑《ごうけつ》とは。ともかく、徳田殿の素性を詮索《せんさく》しておる場合ではないな。たしかに力になっていただければ、心強いものだが……そなたや徳田殿に、これ以上の迷惑はかけられぬ」

秀太郎の気持ちは揺れている。

「乗りかかった船ですよ」

松子が笑みを浮かべると、秀太郎は思案をはじめた。

「そうじゃのう……」

松子は、秀太郎の決断を待った。

儲けよりも、この人のために役立ちたい、という思いが勝っている。

やがて、

「よし、腹を括《くく》ったぞ。松子殿や徳田殿の助太刀をお願いしたい」

秀太郎は、松子の提案を受け入れた。

「お任せください」

満面の笑顔で、松子は返した。

二

夜更《よふ》けのうちに、松子は秀太郎とともに徳田京四郎の屋敷を訪れた。

夢殿屋の裏木戸から外に出る際、

「でか鼻のなんとかと申す、十手持ちの目があるのではないのか」

と、秀太郎は、自分はともかく松子の身を案じた。

「豆蔵親分なら大丈夫ですよ。銭金でどうにでもなる人ですから」

松子は、秀太郎の心配を打ち消した。


根津権現の門前にある京四郎邸の居間で、松子と秀太郎は京四郎と対面した。

寝入り端を挫《くじ》かれて、京四郎はいかにも不機嫌であったが、松子から秀太郎の窮状を聞くや、

「そうかい、そりゃ大変だな」

と、同情を寄せた。

「京四郎さま、お助けしてくださいますよね」

松子が確かめると、

「そりゃ、礼次第だな。礼金はともかく、なにか美味い物を食させてくれよ」

こんなときでも、京四郎はいつもの要求をした。

「京四郎さま、秀太郎さまは浪人の身ですよ。美味い食べ物を求めるのは、お門《かど》違《ちが》いじゃありませんかね」

「おいおい、おれだって浪人だよ」

しれっと京四郎は言った。

「でも……美味しい物なんて」

松子は危ぶんだ。

そもそも、秀太郎が飲み食いに興味があるのだろうか。鴨秀で出されたどぶろくの上澄み酒と塩辛い煮豆を思えば、とてものこと京四郎の舌を満足させる食べ物など期待できない。

それに、京四郎も鴨秀で飲み食いをしたのだから、秀太郎に美味い物を求めるのは難題だとわかっているだろう。となると、意地が悪いとしか思えない。

ところが秀太郎は、

「承知しました」

すんなりと了承した。

「そうかい。で、なにを食わせてくれるんだ……おっと、食べるまでのお楽しみか」

京四郎の言葉に、秀太郎は大真面目な顔で、

「唐茄子《とうなす》でござる」

と、言った。

「ほう、唐茄子か」

唐茄子……すなわち南瓜《かぼちゃ》に、京四郎は興味を示した。

「まあ、美味しそう」

思わず松子が声をあげると、

「唐茄子をどう料理するんだ」

京四郎は半身を乗りだした。

「安倍川《あべかわ》ですな」

秀太郎は言いきる。

「安倍川か……よほど自信があるのか」

野暮《やぼ》を承知で、京四郎は確かめた。

「徳田殿は舌が肥えておられましょう。それゆえご満足いただけると……太鼓判までは押せませぬが、少なくともまずくはないと存じます」

遠慮がちに秀太郎は返した。

すかさず、

「きっと、美味しいですよ」

松子が割りこんだのは、秀太郎への助太刀を引き受けさせたいからだ。

「ならば、どうして鴨秀で出さなかったのだ」

食べ物のこととなると、京四郎はしつこい。

「さすがに拙者でも、酒の肴に唐茄子の安倍川は、いかにも不似合いだとわかっておりましたので……」

秀太郎の言いわけを受け、

「そりゃ、そうですよ。あたしだって、甘い物を肴にお酒なんか飲みたくはないですからね」

松子は話を合わせた。

「よく言うな。松子、以前、大福を食べながら酒を飲んでいたぞ」

京四郎のからかうような指摘に、悪びれもせず松子はとぼけた。

「あら、そんなことありましたっけ……」

「ま、いいや。ともかく、引き受けた。あんたの濡れ衣を晴らすには、房州の鮫蔵と公儀御庭番、兵藤卯之助を捕まえるのが手っ取り早いな」

京四郎の考えに、

「それしかありませんね」

松子も賛同した。

「松子はお気楽なものだが、おれと松子だけで、鮫蔵や卯之助を見つけだすのは難事だ。言うは易《やす》いが行《おこな》うは難《かた》いぞ。だいいち、鮫蔵はもちろんだが卯之助だって、江戸におるかどうかもわからんからな。まさか、仇を探すように日本全国、おれと松子で旅をしてまわるわけにもいくまい」

京四郎の言うとおりだ。

「そうですよね。豆蔵親分を頼っても難しいですね」

松子も思案が浮かばない。

「なにか知恵をひねりださねばな」

京四郎が腕を組んだところで、

「拙者が囮《おとり》になりましょうか。卯之助や鮫蔵一味には、まだ拙者の利用価値があるかもしれませぬ」

秀太郎は申し出た。

「囮というと……」

問い直した京四郎を横目に、たまらず松子が唇を震わせる。

「囮になんてなったら、町奉行所の捕方に捕まってしまいますよ」

「そうかもしれぬ。だが、死中に活《かつ》を求める覚悟がないとな」

秀太郎の提案に引っかかるところがあるようで、京四郎が深く立ち入った。

「なにか算段があるのかい。つまり、鮫蔵一味や卯之助が、あんたに接触してくるという理由だな。連中があんたに、どんな利用価値を見出すんだ」

「拙者、房州の鮫蔵がどこにおるのか、何者なのか、心あたりがあるのです」

意外なことを、秀太郎は返した。

「まあ」

松子は両目を大きく見開いた。

「居場所はともかく、素性に心あたりがあるというのはどういうことだ。鮫蔵は海賊の頭領だろう」

京四郎も興味を示す。

「鮫蔵はどこにいるんですか。ひょっとして江戸ですか」

松子も興味津々のようで、すっかり読売屋の表情となっている。

「……ここにおります。拙者が海賊、房州の鮫蔵です」

澄ました顔で、秀太郎は答えた。

「はあ……」

ぽかんと口を半開きにしてから、

「秀太郎さまったら、こんなときにご冗談を……」

お人が悪いですよ、と松子は笑いかけ、

「でも、それくらいの度胸がないと、ご自分に降りかかった今回の災難は払えませんものね」

ところが、

「いや、冗談ではないのだ」

あくまで真顔となり、秀太郎は言いたてた。

「そんな……」

松子は困惑した。

秀太郎がふざけているのではないとわかり、京四郎も真顔になる。

「なにやら、わけがありそうだな」

「拙者も気づいておらなかったのですが……」

秀太郎は考え考え、切りだした。松子がなにか言いだそうとしたのを、京四郎が制して、話の続きをうながす。

「拙者、本家への養子入りが決まった際、鴨川城に出向き、家老や重役立ち合いの場で、いくつかの証文に署名、捺印をいたしました。先代藩主・正俊殿の跡を継ぐうえでの重要な証文ばかりでした。そのなかで、いの一番に署名と印を求められた証文があったのです」

「どういうことだ」

秀太郎の話に、たちまち京四郎も引きこまれる。

「あくまで手続き上の事務作業だと、深くは考えずにいたのですが……」

「どんな証文だ」

京四郎の問いかけに、松子もうなずく。

「藩領にある、浦《うら》の安堵状《あんどじょう》でした」

鴨川藩領のなかのひとつの浦、つまり漁港と漁村に住む漁師たちの権利を保障すると同時に、それを領有する神社への安堵状であった。

「神社は漁港の鎮守で、漁師たちは神社の氏子《うじこ》というわけなんだろう」

それがどうした、と京四郎は首を傾げた。

「そのときは、それよりも重要と思われる証文がたくさんあったのです。養子入りを承認する誓約書、家臣たちの禄の安堵状、商人どもへの借財証文の書き換え、等々です。それが、その村……龍神《りゅうじん》村というのですが、その村の安堵状がなによりも優先されたのです」

秀太郎は言った。

「龍神村……へ～え、なんだかすごそう」

松子の声が上ずった。龍神村という響きがよほど気に入ったようで、何度も口の中で繰り返す。

「家老が申すには、鴨川藩が成立するより前から存在する漁村だそうです。そう、戦国の世の里見家のころからですな。毎年元旦には、龍神村の漁師が捕獲した鯛《たい》が、藩主と龍神大社に献上されるのが習わしだとか」

つまり、龍神村は鴨川藩にとって特別な漁村であり、歴代の藩主は家督相続の際に、まず漁の権利を保障する安堵状を発給するのだとか。

「そして、房州の鮫蔵一味は、おそらくその龍神村の漁師がもとになっているのだと思います」

秀太郎の言葉に、松子が首を傾げる。

「それで……秀太郎さまが鮫蔵だとおっしゃるのは、どうしてなんですか」

「鮫蔵一味は、龍神村の漁師崩れの集団。そしてその頭領が鮫蔵……もしかすると鮫蔵というのは、一味を利用して私腹を肥やそうとする者たちが作りあげた、架空の男なのではないか……」

考えつつ、秀太郎は説明した。

これまで、鮫蔵一味を捕縛しようと幕府は躍起《やっき》になっていた。しかし、一味を何人か捕縛はしたものの、鮫蔵は捕まえられずにいる。それどころか、くわしい素性すらわかってないのだ。

秀太郎は京四郎の目を見つめた。

「捕まえた者たちを拷問にかけても、鮫蔵の素性や所在は口を割りませんでした。みな、知らぬ存ぜぬなのです。もしかすると、とぼけていたのではなく、本当に知らなかったのではないでしょうか。そのうえで、あえて鮫蔵が誰かと言えば、鴨川藩主、村木戸佐渡守がそうであったのでは……と考えますと、房州の鮫蔵はいまや拙者ということになります」

いかがでしょう、と秀太郎は京四郎に問いかけた。

三

「そりゃおもしろいな。すると、表に立たず、陰から鮫蔵一味を動かしていた者がいるということか。言うならば、龍神はこの世には存在しないが、龍神の神託を受け、氏子を動かす宮司はいる。房州の鮫蔵一味にも、鮫蔵親分の命令を受けたと称して、一味を直接動かしている者がいるはずだ。じゃないと、海賊たちはてんでばらばらに暴れまわるだけだろう。それでは、大きな仕事はできない。ある程度の統率は取らねばならぬからな」

京四郎が推量を述べると、

「そのとおりですな」

秀太郎も同意した。

「なるほどね」

感心した松子が、ふとつぶやく。

「てことは、いままで町奉行所や公儀が、必死に房州の鮫蔵を追いかけてたのは、まったくの無駄だったたってことですか」

「そのようだな」

うなずいた秀太郎であったが、

「いや、まんざら無駄ではないいな」

京四郎は言った。

「と、おっしゃいますと」

松子が問いかける。

「鮫蔵一味を、一網打尽《いちもうだじん》とまではいかずとも、二度と海賊行為ができないくらいに打撃を与えたこと。あとは、いずれにしろ卯之助が奪っていった三千両と血判状を回収するためには、鮫蔵やその一味を追いかけていくしかあるまい」

「あ、そうか」

京四郎の説明に松子が納得したところで、ふたたび秀太郎が決意を示した。

「そういうわけで、拙者が囮となります。拙者が房州の鮫蔵だと名乗り、奴らを誘いだしましょう」

「どうやって、誘いだすのですか」

松子の問いに、

「松子殿の読売に記事にしてもらう。いつ、どこそこに鮫蔵が出没する、とな」

秀太郎が返すと、たちまち松子は危ぶんだ。

「そんなことをしたら、町奉行所も捕縛に来ますよ」

「覚悟のうえだ」

「……京四郎さま、ここは叔父上さまに頼んでくださいよ。秀太郎さまには手出ししないようにって」

「それはできぬなあ」

京四郎は渋った。

「じゃあ、せめて捕縛の延期を頼むというのはいかがですか」

「うまくいけばいいのだが……それにしたって、信憑性がないな。秀太郎さんは、鮫蔵一味と会ったことはあるのか」

京四郎の問いかけに、秀太郎は力なく首を左右に振り、

「ありませぬ」

と、否定した。

「ということは、鮫蔵一味は秀太郎を親分だとは思わぬかもしれぬし、秀太郎の顔も知らないのだから、まずは疑うのじゃないのか。そんな不確かな罠では、捕縛の延期を願い出る根拠にはならぬだろうよ」

「そりゃ、そうかもね……」

落ちこむ松子に、秀太郎が、

「ひょっとしたら、鮫蔵一味のなかに、拙者の顔を見知っておる者がいるかもしれませぬ」

と、言いだした。

「どういうことですか」

たちまち松子が興味を示した。

「龍神大社に参拝をしたのです」

秀太郎は村木戸家の家督を相続するにあたって、衣冠束帯に身を包んで参拝をした。

龍神大社の宮司は、代々、大黒《おおぐろ》家が受け継いでいる。いまは、大黒兼好《かねよし》という老齢の人物だという。

「あ、わかった。もしかして、その大黒兼好っていう宮司が、鮫蔵の命令を受けたと称して、一味を動かしているのじゃないのかしら」

きっと、そうよ、と松子は決めつけた。

しかし秀太郎は、

「疑わしいが、公儀は無関係だと見なした、それに関しては……」

ここまで秀太郎が言ったところで、

「あれでございましょう。大黒宮司は人格高潔、学識の高いお方で、とても海賊行為などとは無縁のお人だとおっしゃりたいのでしょう。でもね、人は見かけによらないものですよ」

訳知り顔で、松子は述べたてた。

　すると秀太郎は、にんまりと笑い、

「それが違うのだ。まるで正反対だ」

「ええ……」

　松子は両目を見開いた。

「はっきり申して大黒兼好殿は、それはもう世俗まみれのご仁でな」

　酒を飲み、愛妾を囲うのはあたりまえ、しかも境内で賭場まで開帳しているそうだ。

「破戒《はかい》僧ならぬ破戒神主か」

　京四郎は鼻で笑った。

　秀太郎も笑い、

「そんな大黒殿ですから、公儀からも目をつけられた。鮫蔵一味に加担している、あるいは大黒こそが鮫蔵だという疑いを受け、大目付・友川左衛門尉殿の取り調べを受けたのだが……」

　そこまで言ったところで、どうにも歯切れが悪い。

「どうしたのです」

　松子が問いかけると、

「取り調べに待ったが、かかった。寺社奉行の津島隠岐守《つしまおきのかみ》殿からな。龍神大社は神君家康公の関東移封に際し、水難事故防止の祈禱をして以来、公儀にとって重要な神社だとかなんとか理由をつけておったが……」

秀太郎はいかにも疑わしそうだ。

「東照大権現さまの挿話は、本当なのかしらね」

松子も首を傾げ、京四郎を見やる。

「いや、おれに聞かれてもわからんよ。祈禱を証拠だてるものはあるのかい」

京四郎は秀太郎に尋ねた。

「龍神大社の社史に記されているそうです。それと宝物庫には、家康公から下賜《かし》された太刀があるとか」

「社史なんてどうにでも書けるし、太刀も怪しいもんだ。家康公の関東移封にまつわる言い伝えなぞ、関東中の神社に残ってるだろうぜ」

「ですから、津島隠岐守殿が取り調べに介入してきたのは、大黒兼好殿から賂《まいない》を受け取ったからではないかと……拙者の憶測ですが……」

秀太郎が語り終わらないうちに、

「きっとそうよ。汚いわね、津島隠岐守。権現さまの威を借りて、卑怯《ひきょう》な奴」

松子は、見も知らぬ津島への怒りを爆発させた。

寺社奉行津島の介入により、最終的に公儀は、大黒が房州の鮫蔵一味とは無関係だと判断したそうだ。

「じゃあ、まんまと大黒は逃げおおせたのですね。ほんと、世の中お金次第。いやあね」

そう嘆きつつ、松子は京四郎に訴えた。

「じゃあ、さっそく大黒兼好の尻尾をつかまえましょうよ」

ここにきて秀太郎も声を強くして、意気込みを見せる。

「そのようなわけで、大黒殿が鮫蔵一味の陰の首謀者であれば、拙者の顔を見知っておるので、囮となって誘いだすこともできましょう。大黒殿に書状を送り、鮫蔵一味とのかかわりを知っている、とでも持ちかければ……」

ところが、冷静な口調で京四郎は水を浴びせた。

「あんたの気持ちはわかるが、それだけではおそらく大黒は動かないぞ。あんたは村木戸家に養子入りしたが、すぐに藩はお取り潰しになった。藩の内部事情もまだ知らず、龍神大社や大黒兼好とも、深く交わってはおらぬだろう。大黒にすれば、あんたがなにも知らない、と高を括《くく》るだろうさ」

事実なだけに、秀太郎は反論できず口ごもった。

見かねたように松子が、

「でも、強い気持ちがあれば、なんとかなりますよ」

批難するかのように京四郎を睨《にら》んだ。

いっこうに気にせず、京四郎は澄ました顔で提案をする。

「なので秀太郎さんのほかに、もうひとり用意しよう」

「もうひとり……」

秀太郎は首を傾げた。

「大炊堀を牛耳《ぎゅうじ》っていた仁兵衛だよ」

「あら、あの爺さん」

松子は口を半開きにした。

「いま仁兵衛は、小伝馬町の牢屋敷にいる。仁兵衛を引っ張りだし、協力させるんだ。あいつなら、龍神大社や大黒兼好と鮫蔵一味のかかわりを知っているだろう。大黒も、仁兵衛を無視はできんさ」

京四郎は言った。

「それはいい考えですけど、協力しますかね」

「口説くんだよ。それに、このままじゃ、あいつは首を刎《は》ねられる。死罪が免れるとなれば、協力する気になるさ」

京四郎は自信ありげである。

「それはいいかもしれませんね。やっぱり、死ぬのは恐いですもの」

松子がくすりと笑う。

「鮫蔵一味捕縛、隠し金の回収に役立つとなれば、叔父も承知してくれるだろう。叔父を頼るのは気が進まぬが、そうも言っておれんな。しかたがない」

京四郎の言葉に、

「すみませぬ、拙者のために。ですがその叔父上というのは……」

頭をさげた秀太郎が質問を投げかけようとしたところで、夜が白々《しらじら》と明けてきた。

「おや、もう、朝ですよ」

松子が言って、京四郎は大きく伸びをした。

そこへ、

「おはようございます」

と、大きな声が聞こえた。

「あら、助右衛門さんよ」

松子が玄関に向かった。


助右衛門は元力士であった。

この時代、力士は大名のお抱えである。助右衛門は大坂の九条村《くじょう》に生まれ、肥《ひ》前大村藩《ぜんおおむら》お抱えの力士だった。順調に出世し、前頭筆頭《まえがしらひっとう》にまでなった。

だがあるとき、対戦相手の大関《おおぜき》に負けろと、藩の重臣から耳打ちされた。

相手は、老中を務める松崎淡路守《まつざきあわじのかみ》のお抱え力士、嵐山為次郎《あらしやまためじろう》だった。

助右衛門は重臣の命令をいったんは承諾したが、土俵で為次郎の顔を見るや、そんな命令は忘れてしまったという。

助右衛門は立ち合いざま、張り手を見舞った。為次郎は勝負が仕組まれたことで慢心していたのか、油断しきりだった。まともに助右衛門の張り手を食らい、土俵に沈んだ。

土俵は湧かせたものの、助右衛門は重臣から叱責を受けた。

「相撲取りが土俵の上で相手を倒して、なにが悪い」

最後にはそう啖呵を切って、藩を飛びだしたという。

ところが、力士を廃業し、たちまち路頭《ろとう》に迷った。空きっ腹に耐えられず、浅草の蕎麦屋《そばや》、不老庵《ふろうあん》で無銭飲食をした際、店内で起きた喧嘩騒ぎをおさめて、京四郎や松子と知りあった。

助右衛門の朴訥《ぼくとつ》とした人柄を、京四郎と松子はおおいに気に入り、ある事件を一緒に解決した。

その結果、助右衛門は不老庵に雇われ、薪割《まきわ》りや蕎麦打ちを任されている。

夏真っ盛り、今年の水無月のことだった。

助右衛門は打ちたての蕎麦を持ってきた。厳寒の早朝にもかかわらず、七尺近い巨体を包むのは浴衣だけだ。梅干しのような小さな目をしょぼつかせ、京四郎に挨拶をした。

「おまえの打った蕎麦は、おまえ同様、見てくれは悪いが味はたしかだな」

京四郎らしい毒を含んだ誉め方をしたが、

「そりゃ、ありがてえ」

素直に助右衛門は喜んだ。

笊《ざる》に盛られた蕎麦はぶつ切りで、とても喉越しを味わえるような状態ではない。

しかし、京四郎好みなのだ。

腰があって、酒の肴になるのである。

するとﾠ、

「おお、そなた」

秀太郎が、助右衛門に声をかけた。

助右衛門は秀太郎を見返し、しばらく細い目を凝《こ》らしていたが、

「殿さま……鴨川の殿さまじゃないですか」

と、懐かしさで笑みを浮かべた。

「知りあいなの」

松子が問いかけると、

「鴨川の龍神大社で、奉納相撲があったんですわ。わしも呼んでもらって、ほんでわしが」

へへへ、と助右衛門は恥ずかしそうに、優勝した、と言い添えた。

秀太郎によると、家督相続の挨拶に参拝した折に、相撲興行を催《もよお》したそうだ。

そのとき助右衛門は、賞金と秀太郎が参拝する際の太刀持ちを任されたという。

「じつは、申しわけなく思っとったんですわ」

助右衛門は、自分が相撲で優勝したすぐあとに村木戸家が改易になったことを気にしているようだった。

「わしが死神のような気がして」

「そなたのせいではない」

優しげに秀太郎は言った。

「はあ」

助右衛門は頭をさげた。

四

五日後、分厚い雲が垂れこめ、いまにも雪が降りそうな昼、京四郎は小伝馬町の牢屋敷にやってきた。目立ってはまずい、と地味な紺地無紋の小袖に、袴穿きである。

先日、叔父である将軍・徳川吉宗に、房州の鮫蔵一味と公儀御庭番・兵藤卯之助の捕縛、隠し金の回収のため、仁兵衛の解き放ちを頼んだ。

吉宗は、自分が作った御庭番の不正を苦々《にがにが》しく思っており、京四郎の頼みを受け入れて、牢奉行、石出帯刀《いしでたてわき》に仁兵衛解き放ちの内命を下《くだ》してくれた。

小伝馬町の牢屋敷は、表門口五十二間二尺五寸、奥行五十間、坪数二千六百七十七坪で、おおむね一町四方の四角な造りとなっている。

表門は、西南に面した一辺の真ん中に設けられ、鉄砲町の通りに向かっていて、裏門はその反対、小伝馬町二丁目の横町に向かっていた。

すなわち、町家の中に存在しているのだ。

忍び返しが設けられた高さ七尺八寸の練塀がめぐらされ、その外側は堀で囲んであり、町屋の中にあるだけにその異様は際立っていた。

京四郎は表門をくぐった。

すぐ左手は、塀が裏門まで連《つら》なっている。塀を隔《へだ》てて右側には、牢屋奉行の石出帯刀や牢役人の役宅と事務所があり、左側が監房である。

監房は東西に分かれ、それぞれに大牢、二間牢がひとつと揚屋《あがりや》がふたつある。このうち、大牢と二間牢をあわせて惣牢《そうろう》と称した。ほかに揚座敷《あがりざしき》、女牢、百姓牢が別に設けてあって、身分によって入る牢が異なる。

まずは、東牢、西牢の間にある当番所に顔を出して、

「徳田京四郎だ。安房の海賊料理人、仁兵衛に会いにきた」

と、告げると、

「これは、徳田さま」

役人は下にも置かない対応をした。

京四郎は金一分を礼金に与えると、役人はさらに親切になり、町人を収容している大牢へと案内した。


大牢の外鞘《がいしょう》（廊下）にやってきた。

外鞘の内側には、格子で囲まれた幅五間、奥行き三間、すなわち三十畳の広さの牢房があり、内鞘《ないしょう》と呼ばれていた。外側にも格子が設けられ、外鞘の幅は表通りで一間半、裏通りは二間の土間である。

内鞘すなわち牢内では、鍵役同心《かぎやくどうしん》によって選ばれた牢名主などの十二役が、囚人たちをまとめていた。まとめていたといえば聞こえはいいが、囚人がひそかに持ちこむ金品によって待遇が変わり、気に入られないと、露骨《ろこつ》な虐めに遭うのが常識である。

昼というのに、牢の中からは鼾《いびき》や寝息が響いている。牢役以外の平囚たちは布団もなく、身を海老《えび》のように曲げてひたすらに寒さを凌《しの》いでいた。

そもそも一畳に十二人も詰めこまれているとあっては、そんな体勢にでもならなければ、寝られたものではないのだった。

格子の隙間から、

「仁兵衛」

と、役人が声をかける。

すぐに、ごそごそという音がした。

布団にくるまっていた仁兵衛が鬱陶《うっとう》しそうに、

「なんだ、寝入ったばかりだんべえ」

と、お仕着せの胸をはだけ、ごりごりと掻き、大きくあくびをしながら立ちあがった。布団に寝ているのを見ると、牢屋敷にあって仁兵衛は好待遇を受けているようだ。

京四郎の心中を察した牢役人が、

「仁兵衛は腕のよい料理人なので、ときおり牢屋敷内の役人用に料理をさせておるのです」

と、打ち明けた。

いちいち、そんなことをあげつらうつもりはない。

牢役人が鍵で牢を開け、仁兵衛を外鞘に出した。

「おや、あんた、大炊堀を潰した羽振《はぶ》りのいいお侍だんべえ」

仁兵衛はにんまりとする。

「そら」

途中で買い求めた五合徳利を、京四郎は牢名主に与えた。

仁兵衛にも五合徳利を与えると、口をつけてごくごくと咽喉《のど》を鳴らしながら飲んだ。口から酒があふれ、無精髭が濡れた。

「くうっ、これがいちばんの寒さ凌ぎってもんだ」

仁兵衛は続けて、ふた口を飲んだ。仁兵衛がひとしきり飲むことを見届けてから、

「話がある」

京四郎は言った。

「鮫蔵親分の居所なら知らねえべ」

「ここではなんだ」

京四郎が役人を見ると、番所でどうぞ、と答えてくれた。

番所の中で、京四郎は仁兵衛と面談に及んだ。

さすがに番所の中は畳敷きで火鉢が置かれているため、牢屋のように寒々《さむざむ》とはしていない。役人が熱いお茶も淹れてくれた。

湯呑を両手で持つと、かじかんだ手が温まって人心地《ひとごこち》がついた。

「お侍……たしか徳田さまだったべえ」

仁兵衛の問いかけに、京四郎はうなずく。

「わしになにを聞きてえ。鮫蔵親分と隠し金のことかね。あんた、公儀の犬か」

「まず、おれは公儀の犬ではない。天下の素浪人、徳田京四郎だ」

京四郎は言った。

「浪人さんが、どうして大炊堀を潰したんだ」

恨めしそうに仁兵衛は尋ねる。

「物好きでな。おもしろそうだったからなんだ。悪かったな」

悪びれもせずに京四郎は言ったが、仁兵衛は納得しないまま、

「ま、いいや」

と、引きさがった。

「仁兵衛、あんた、いい腕をしているな。一流の料理人だ。これからは、料理人

ひと筋で暮らしてみるつもりはないか」

　京四郎の言葉は意外だったようで、仁兵衛の目が開かれた。

「どういう意味だんべえ。わしは打ち首か磔《はりつけ》だ。あの世で、鬼や閻魔《えんま》さまに料理を振る舞えって言いてえのか」

「おれに協力をしてくれれば、追放刑くらいにしてやれるぜ」

「……そんな法螺《ほら》吹きやがって。大口を叩くのもいいかげんにしろよ」

　そう言いつつも、仁兵衛の顔には希望の灯がともっている。

「だがな、約束を信じるのもいいだろう。死罪にならなかったら儲けもんだぜ」

「そりゃまあ、そうだんべが……そうまでしてくれるってのは、いったい、なにをやらせたいんだ。何度も言うが、鮫蔵親分の居所は知らないべえ」

　繰り返す仁兵衛に、京四郎はにやりとした。

「鮫蔵の居所を教えてくれなくてもいい。手伝ってほしいのは芝居だ」

「芝居……」

　仁兵衛は首を傾げた。

「そう、芝居を打つんだ」

「わしは芝居なんかやったことがねえべ。そりゃ、無理ってもんだ」

「芝居といっても、あんたは自分を演じればいいのさ」

「わしの役……そもそもいったい、どんな芝居なんだ。忠臣蔵《ちゅうしんぐら》かい。義経千本桜《よしつねせんぼんざくら》かい。それとも、先代萩《せんだいはぎ》か……まさか、わしが忠臣蔵の塩谷判官《えんやはんがん》や勘平《かんぺい》なんか演じられんべな」

仁兵衛は笑った。

「ふふ、料理人崩れの盗賊にしちゃあ、ずいぶんとくわしいんだな。安心しろ、ちゃんとした芝居じゃないさ。筋書きはいま書いているところだが、なに、あんたには特別な台詞《せりふ》があるわけじゃない」

「……よくわからねえが、おもしろそうだんべ。おっと、その芝居、不入りでもわしは牢屋敷から出してもらえるんだな」

にやりとして仁兵衛は釘を刺した。

五

松子は読売で、大炊堀を牛耳っていた仁兵衛が小伝馬町の牢屋敷を脱走した、と書きたてた。

仁兵衛特集とでも言おうか。連日にわたって大々的に取りあげている。もちろん、錦絵も描き、草双紙にもするそうだ。

霜月十五日の昼になって、でか鼻の豆蔵がやってきた。

「どうしたんだい、親分、冴えない顔をしてさ」

松子は機嫌がいい。

なにしろ、仁兵衛の記事の評判がよく、夢殿屋にとっては思わぬ儲《もう》けになっていたからだ。読売や錦絵の仁兵衛は、白髪を肩まで垂らし、大きな目に切り裂かれたような口、いかにも凶悪な海賊のように描かれている。

実際の仁兵衛は、足元がおぼつかないよろよろとした年寄りゆえ、絵空事もいいところである。ただ、絵の仁兵衛が料理包丁を武器としているのは、ある程度、実在に基《もと》づいている。

「姐さんよ、ずいぶん儲かっているじゃないか」

豆蔵は鷲鼻をひくひくとさせ、羨《うらや》ましがった。

「親分、仁兵衛の居所でも売りこみにきたのかい」

松子の問いかけに、

「そんなんじゃねえよ」

豆蔵は真顔で否定した。

どうやら、ガセネタを売りこみにきたわけではないようだ。

「じゃあ、なんの用事よ」

「愚痴《ぐち》ってわけじゃねえが、ちょっとばかり解《げ》せないことを聞いてもらおうと思ったんだよ」

なんとも歯切れの悪いことを、豆蔵は言いだした。

「なあに、あらたまって」

「姐さんがさんざん儲けている記事……房州の鮫蔵の子分・出刃包丁の仁兵衛、通称、出刃仁《でばじん》についてなんだがな」

豆蔵が言ったように、松子は仁兵衛を「出刃包丁の仁兵衛」と名付けた。

もともとそんな呼び名はないのだが、わかりやすい二つ名をつけたほうが、読売や草双紙、錦絵は売れるのだ。

「小伝馬町の牢屋敷から、よく脱走できたもんだぜ」

おいそれと脱走なんかできるものではない、と豆蔵は訝《いぶか》しんでいる。

「たとえば、火事が起きて牢屋敷が類焼しそうになったなら、囚人を召し離すことはあるよ」

豆蔵が言うとおり、小伝馬町の牢屋敷は火事の際には囚人を解き放つ。ただし、戻ってくる期限と場所を指定し、日時までに戻れば罪一等が減じられ、戻らなかったらそれまでの罪に関係なく死罪とされる。

「召し放たれた囚人連中はな、まず戻ってくるんだ。逃げようなんて奴はいない。逃げた囚人を、お上は地の果てまで追いかけて、かならず捕まえるからな。それがわかっているから、囚人たちは逃げない。それくらい、小伝馬町の牢屋敷はおっかねえところなんだよ。それにもかかわらず、よくも仁兵衛が脱走できたもんだぜ」

強い疑念を抱いているようで、豆蔵は、「おかしな話だ」と繰り返した。

悪徳とはいえ、豆蔵は練達《れんたつ》の十手持ちだ。目の付けどころは、たしかである。悪徳だからこそ、仁兵衛が牢屋敷を脱走したことに、利権の匂いを嗅ぎあてようとしているのかもしれない。

油断のならない男である。

松子はにこやかな表情で、

「そりゃ、あれだよ。仁兵衛というのは、房州の鮫蔵の右腕って恐れられた海賊なんだよ。鮫蔵一味は、大海原を暴れまわったんだ。なんでも、遥かボルネオや天竺《てんじく》まで行っていたんだってさ。天竺や清国の海賊たちとも争っていたらしい。そればかりじゃないよ。阿蘭陀や西洋の海賊ともチャンチャンバラバラを演じたのさ。親分だって知っているだろう。西洋の連中は馬鹿でかくて目の玉は青くて、口は耳まで裂けているんだ。鼻だって親分よりでかいんだよ」

と、自分の鼻をつまんだ。思わず、豆蔵も指で鷲鼻をさする。

「だからさ、小伝馬町の牢屋敷だって、仁兵衛にとっちゃあ、宿屋みたいなもんなんだよ」

なんでもないことのように、松子は言った。

それでも豆蔵は首をひねりながら、

「そりゃ、西洋や天竺の海賊はおっかねえだろうし、仁兵衛が鮫蔵の右腕かもしれないが……」

と、納得できないようにつぶやいた。

無理もない。そもそも仁兵衛は鮫蔵の右腕ではないし、鮫蔵一味が天竺まで航海して海賊と争っていたなんて出鱈目《でたらめ》である。

思いつきで口に出したのだが、読売には妙案だと気づいた。

よし、読売ばかりか草双紙にも仕立て、出刃仁が出刃包丁で西洋や天竺の海賊と戦うさまを錦絵に描こう。

「そりゃ、強いかもしれねえがな。それでも、牢屋敷を抜けるなんてことはできねえよ。厳重に見張られているんだからな」

　豆蔵の疑いが晴れないのはもっともだ。

「出刃仁だからさ、出刃包丁ひとつありゃ、牢役人を膾《なます》のように切り刻んだかもしれないじゃないの」

　またも、松子は適当なことを言った。

「そんな馬鹿な……」

　かぶりを振り、豆蔵は真顔になった。

「まだおかしなことがあるんだ。牢役人さん方はな、誰ひとり処罰されていないんだよ。囚人に逃げられたんだぞ。しかも、姐さんが読売に書きたてるような、名うての悪党だぜ。公儀の面目が丸潰れじゃねえか」

　まさかとは思うが、仁兵衛脱走に松子や京四郎が、かかわっていると勘繰っているのだろうか。それをネタに、金をせびろうという魂胆があるのか。

「そりゃ、お上のご事情なんだろ。あたしに聞かれても答えられるわけないじゃない。ああ、そうそう……仁兵衛にはさ、百両の懸賞金がかかっているんだよ。

親分、こんなところで油を売っていないで、見つけだしたらどうなのよ」

松子が勧めると、

「探しているさ。だが、とんと見つからねえ」

豆蔵は懐中から書付を取りだした。牢屋敷が作成した人相書である。

「姐さんのところの錦絵とは、似ても似つかねえな」

と、錦絵と人相書を畳の上に並べた。

人相書に描かれた仁兵衛は、錦絵とは正反対の老人然とした男だ。猫背とも記されている。錦絵の仁兵衛も年寄りだが、実像とはだいぶ違う。

「そりゃ、錦絵は読者に受けないとね」

「錦絵が商いってことはわかってるさ。でもこの人相書は、いいかげんなものじゃねえ。それでも、誰もこの男を見かけていないんだ」

「いくら親分でも、そうそう簡単には見つからないよ」

「そりゃそうだが……町奉行所の旦那方も妙なんだよな」

豆蔵は訝しんだ。

南北町奉行所の同心連中は、仁兵衛探しに熱心ではないのだとか。

「おれたち岡っ引に任せきりなんだ。旦那たちは、懸賞金百両だぞ、と尻を叩くだけだぜ」

　岡っ引たちは百両に目を変えて、江戸中を嗅ぎまわっているのだが、仁兵衛の足取りをつかめないでいるという。

「ほんと、霧のように消えてしまったというわけさ」

「地道に探していれば見つかるよ」

　松子は励まし、

「そうだ、これ」

　と、一朱金を二枚、紙に包んで豆蔵にやった。

「こりゃ、すまねえな。姐さんは気風《きっぷ》がいいや」

　調子よく言うと、豆蔵は出ていった。

「まったくもう」

　松子が呆れてつぶやいたところで、

「女将さん、昼餉の支度が整いましたよ」

　女中に呼ばれ、店の裏手の居間に入った。

　すると、京四郎が待っていた。

　食膳には、松茸《まつたけ》ご飯が用意されている。吸物《すいもの》も松茸であった。

「美味しそう」

感激の面持ちで、松子は食膳に座った。

すでに京四郎は、二杯目に箸をつけている。

もちろん、仁兵衛が料理したもので、それだけに美味い。

「さて、そろそろ芝居を打つか」

京四郎が言うと、

「やりますか」

機は熟した、とばかりに松子も賛同した。

京四郎と松子は、松茸ご飯を夢中で食べ終えた。


居間に仁兵衛を呼び、やがて鴨川秀太郎も入ってきた。

「こらあ、お殿さま」

仁兵衛は、秀太郎に挨拶をした。

「拙者、殿さまのなりそこねじゃ」

冗談めかして秀太郎は笑った。

松子が京四郎を見た。

「よし、芝居の手はずを言うぞ」

京四郎の言葉に、仁兵衛と秀太郎も真顔になった。

「場所は鴨秀だ」

「鴨秀……」

「そうだ。鴨秀を再開する。しかも、今度は料理人を置くんだ」

京四郎は仁兵衛を見た。

秀太郎は、松子を見た。

「お安いご用で」

にやりとして仁兵衛は答える。

「それで、どうするのですか」

秀太郎の問いかけに、

「大黒兼好に文を出して、あとは一味がやってくるのを待つのさ」

京四郎は言った。

「きっと、うまくいくわ」

励ますように松子が言うと、仁兵衛がふと気になったのか尋ねた。

「で、わしの芝居は……」

「芝居は不要と言ったであろう。読売によって、仁兵衛が脱走したことはもはや世に広く知られておる。敵も、仁兵衛がこの一件に関与していることは疑っていないだろう。おまえは、牢を出ただけで役目を果たしたのだ。あとは、ただただ料理をこさえておれ」

京四郎は笑った。

六

霜月十五日の夜、京四郎と松子、それに秀太郎と仁兵衛は鴨秀にやってきた。

京四郎は片身替わりの華麗な小袖を着流している。左半身が白色地に真っ赤な牡丹、右半身は紫色地に唐獅子《からじし》が極彩色で縫い取られ、紫の帯を締めていた。

加えて、儒者髷を調える鬢付け油と小袖に忍ばせた香袋が、甘くて上品な香りを漂わせてもいる。

松子は、桃色地に寒菊《かんぎく》を描いた小袖に草色の袴を穿いている。

仁兵衛はさっそく台所に入って、料理を作りはじめた。

「鮟鱇鍋にすんべえ」

芝居とはいえ、存分に料理の腕が振るえて、仁兵衛は嬉しそうだ。

「いいわねえ」

それを聞いて、松子もはしゃいだ。

窓からのぞくと、夜空から雪が舞っているのが見えた。寒夜の鮟鱇鍋は、美味さひとしおだろう。

秀太郎は緊張の面持ちで黙っている。

十五日の夜、鴨秀で待つ、と大黒兼好に文を出した。仁兵衛も同席のうえ、鮫蔵一味と抜け荷、隠し金について話しあいたい、と記し、来なかったら仁兵衛とともに町奉行所に出頭する、とも書き添えた。

寛永寺の時の鐘が、夜九つを告げた。

鐘の音が絶えたところで、腰高障子が開けられた。

純白の斎服《さいふく》に水色の袴を穿いた老神主が入ってきた。総髪の髪は白く、枯れ木のように痩せ細っているが、目だけは爛々《らんらん》とした輝きを放っているのが欲深さを物語っている。

「こりゃ、宮司さん、ひさしぶりだんべえ」

台所から仁兵衛が語りかけた。

それには応じず、

「秀太郎殿、この者たちは……」

大黒は胡乱《うろん》なものを見るように、京四郎と松子に視線を向けた。

「あんたが房州の鮫蔵一味と関係があるのか、確かめにきたんだ……おっと、あんたの話を聞くまでもなさそうだな」

京四郎は窓の外を指差した。

しんしんと雪が降るなか、兵藤卯之助を先頭に数十人の男たちが鴨秀に近づいてくる。黒装束に身を包み、銛《もり》や鑓、鉄砲で武装していた。

「鮫蔵一味、勢ぞろいか」

京四郎が言うと、

「貴殿、何者じゃ」

大黒はぎろりとした目で、京四郎を睨んだ。

「天下の素浪人、徳田京四郎だ」

「浪人の分際で、わしに何用じゃ」

大黒は居丈高な物言いをした。

「あんたと海賊ども、それに御庭番を退治するのさ」

まるで一杯飲むような気安さで、京四郎は答えた。

身のほど知らずの馬鹿浪人め、と大黒は毒づいてから、

「我ら、秀太郎殿をお迎えにあがったのじゃ。房州の鮫蔵として海賊衆を束ね、大海原を暴れまわってくだされ」

秀太郎に頼んだ。

「断る」

即座に、秀太郎は拒否した。

そこで京四郎が口をはさんだ。

「どうして、いまさら鮫蔵親分を必要とするのだ」

「うるさいぞ、浪人め……じゃが、いいだろう、教えてやる。村木戸家の先代当主の正俊さままでは、鴨川藩があった。だから、鮫蔵親分はお飾りでよかった。しかし、鴨川藩が改易となり、村木家当主が不在になった。これからは海賊衆、房州の鮫蔵一味を束ねる、生身の鮫蔵親分が必要なのじゃ」

「そんなことが本当に可能だと思ってるのか。いくら凶暴な海賊とはいえ、奉行所が本気になれば、造作もなく潰されるぞ」

「ふふふ、それは大丈夫だ。公儀は我らに手出しはせぬ」

「なに……なるほど、血判状か」

おそらくは血判状を盾にし、公儀の追及をかわすつもりに違いない。

そこで秀太郎が、吐き捨てるように言った。

「拙者は海賊なんぞにはならぬ。大黒殿が鮫蔵親分になればよかろう」

「わしは龍神大社の宮司で通っておる。いまさら、わしこそが鮫蔵だとは名乗れぬ」

薄笑いを浮かべる大黒に、

「あんた、案外と身のほどを知っているねえ。ほんと、あんたじゃ、とてものこと貫禄不足だよ」

京四郎は嘲笑を放った。

「浪人、仲間に加えてやってもよいぞ。そこの女は、わしの妾にしてやる」

大黒は下卑《げび》た笑いを浮かべた。

京四郎が断る前に、

「見損《みそこ》なわないで、この生臭《なまぐさ》神主！　破戒神主！」

松子は全身を震わせながら憤激した。

「秀太郎殿、どうあっても、鮫蔵親分になっていただけぬのじゃな」

大黒が釘を刺すように語りかけると、

「しつこいのよ！」

秀太郎に代わって、松子が引導を渡した。

「さあ、海賊退治だ！」

京四郎は、妖刀村正を腰に差した。

渋面となった大黒は表に出る。

「松子、心張り棒を掛けて、出てくるな。仁兵衛爺さんは鮟鱇鍋を作ってくれ。そうだ、助右衛門も呼んだんだ。あいつは食うから、たっぷりな」

京四郎が表に出ると、秀太郎も続く。


鴫秀を出ると、鮫蔵一味と兵藤卯之助が取り囲むようにして立っていた。

「卯之助、勝負だ」

京四郎と卯之助は対峙した。

そこへ、助右衛門が駆けつける。雪のなか、いつもの浴衣姿である。

「秀太郎さんと助右衛門には、海賊退治を任せるぜ」

京四郎の言葉に秀太郎は無言でうなずくや、ひとりから鑓を奪った。助右衛門は四股《しこ》を踏み、戦闘意欲を掻きたたせる。

視界が雪で閉ざされ、京四郎も卯之助も影絵のように浮かんでいる。ふたりはお互いの動きを、無言で見定めた。

京四郎は吹雪を払うような大声で、

「欲に目が眩《くら》み、海賊一味に加担したな！」

雪の白さのなかに、卯之助の顔が浮かんだ。

卯之助は不気味に顔を歪《ゆが》ませ、

「公儀御庭番と言えば聞こえはいいが、しょせんは犬だ。公儀には、役職を利用して金品を得ておる者はごろごろいる。わしは、御庭番の役目を使ったが、御庭番としての能力、つまり己が力で金を得たのだ」

と、傲然《ごうぜん》と返した。

「ままよ、欲に憑かれた者の言いぐさだ」

京四郎は突き放したような冷笑を浮かべた。

ときおり見せる、空虚で乾いた笑いだ。

卯之助は問答無用とばかりに、大刀を抜き放った。そのまま正眼に構える。京四郎も、勝負に神経を注いだ。

卯之助の構えに隙《すき》はない。大野右京の廃屋敷探索のあと、京四郎の不意打ちを易々《やすやす》と逃《のが》れたように、強さと敏捷さを兼ねそなえた油断ならぬ敵である。

「秘剣雷落とし」は封印しようと考えた。

剣対剣で決着をつけたい。

京四郎は村正を、八双に構えた。雪で濡れた草むらに足を取られないよう、腰を落とす。卯之助の立ち姿は、剣術の修練を積んだことを示している。

卯之助は研ぎ澄まされたような目で京四郎を見据え、やがて、雪を蹴立てて迫ってきた。

「どうりゃあ！」

天地をつんざく怒号を発し、猛然とした突きが繰りだされた。

京四郎は横に飛び、攻撃をかわしたが、卯之助はすばやく身体を反転させ、第二の攻撃に移った。

動きは極めて、しなやかである。

大刀は、腕の一部であるかのような自在な動きを示す。

次々と攻撃が加えられた。

京四郎は受けに徹した。吹雪が大男ふたりを襲い、枯れ木や草むらを雪しまきが揺らす。

次の瞬間、京四郎と卯之助は鍔競《つばぜ》り合《あ》いを演じた。卯之助は憤怒《ふんぬ》の形相で、刀に力をこめた。

厳寒にもかかわらず、京四郎の額から汗が滴《したた》り、肩から湯気が立ちのぼった。目に汗が入ると危惧した瞬間に、卯之助がすばやく身を引いた。

思わず、前のめりになった。

大上段から、卯之助が刃を振りおろす。

間一髪で受け止めると、京四郎は前のめりの姿勢のまま前方に突っ走った。

卯之助が追いかけてくる。

振り向きざま、腰を落とす。

卯之助は草むらに足を滑らせ、身体の均衡《きんこう》を崩しながらも、ふたたび大刀を大上段から振りおろした。

が、さすがに太刀筋は正確さを欠いた。

京四郎は卯之助の動きを見切り、刃をかわして、大刀を横に一閃させた。

すかさず、卯之助は後ろに身を引いた。

ふと見あげると、松の木に雪が降り積もっている。

京四郎は脇差を抜き、松の木目がけて投げつけた。

枝が切れ、積雪とともに落下する。

そこに、体勢を調えた卯之助が立っていて、避ける間もなく、雪を被った。

間髪いれず京四郎は間合いを詰め、村正を袈裟懸けに斬りおろす。

手応えとともに、血飛沫《ちしぶき》が舞いあがった。

卯之助は仰向けに倒れた。

純白の雪が、真っ赤に染まっていった。

七

野良犬の吠え声が、やかましく響き渡る。

秀太郎は鑓を右手に持ち、ぶるんと振りまわす。

一方の助右衛門は、素手であるが誰よりも強そうだ。

「かかれ」

大黒の命令で、海賊たちが銛や棍棒、青龍刀を武器に秀太郎に迫った。しかし、秀太郎の鑓は車輪のごとき回転で、容易に近づくことができない。それでも大黒に叱咤《しった》され、四人が前後左右から突っこんできた。

「おう！」

秀太郎は雄叫びをあげ、石突《いしづき》で右後ろの敵の胸を突く。敵は三間あまり吹っ飛んだ。間髪いれず、今度は左前から迫る敵の胸を突いた。

敵は串刺しとなり、口から血を吐きだす。秀太郎はさっと鑓を引き、右の敵の頬を柄で殴りつけた。敵の顔面から、鈍い音が発せられる。頬骨が陥没したようだ。

残る左後ろの敵は呆然と立ち尽くし、秀太郎に睨まれただけで逃げ去った。

その間、助右衛門はふたりを相手に、張り手をかましていた。だが、けっして無闇《むやみ》に暴れまわっているのではない。

相手の動きを見定めた、無駄のない動きである。

次々と倒される海賊たちに、大黒は憤激した。大黒の怒りに押しだされるように、鉄砲を手にした海賊たちが殺到した。

鉄砲組の出現に、さすがの助右衛門も躊躇《ちゅうちょ》をみせる。

しかし秀太郎は、

「飛び道具か。かまわぬぞ」

と、自信を示した。

助右衛門は、秀太郎のかたわらに駆け寄った。ここが好機とばかりに、残りの海賊たちが攻勢に転じようとした。

「寝転がれ」

秀太郎は助右衛門に怒鳴ると同時に、肩を突いた。助右衛門はもんどり打って地べたを転がった。

秀太郎は鉄砲組の機先を制し、突進した。あわてて後退しようとする敵に、鑓を突きだす。

胸を貫かれた敵の悲鳴とともに、空に鉄砲が放たれた。

「どうりゃあ!」

助右衛門は立ちあがるや、敵のひとりを抱えあげ、鉄砲組に向かって放り投げた。

敵は算《さん》を乱しながらも、鉄砲を放つ。

助右衛門のすぐそばに着弾したが、闘争心あふれる助右衛門は仁王立ちし、次に四股を踏んだ。

さながら、大関の土俵入りである。

秀太郎の鐺も、ますます勢いを増した。群がる敵の真っただ中に躍りこみ、石突で突きまくる。

鉄砲組は、味方が邪魔をして秀太郎を狙えない。それどころか、秀太郎の鐺に追いたてられた者たちが逃げこんできて混乱した。

秀太郎は、阿修羅のごとく鐺を振るう。まさしく、戦国の豪傑・真柄十郎左衛《まがらじゅうろうざえ》門《もん》、加藤清正《かとうきよまさ》もかくやという暴れぶりだ。

出るな、と京四郎に言われたが、松子は読売屋の好奇心がおさえられずに、そっと屋外へ出てきていた。

秀太郎の意外な、そして猛々《たけだけ》しい一面を目のあたりにし、思わず胸が熱くなる。

鮮血が飛び散り、骨が砕かれ、悲鳴が飛び交う戦場と化した。

助右衛門もこの機を逃すことなく張り手をかまし、胸倉をつかんで投げ飛ばす。

海賊たちは逃げ惑う。

秀太郎と助右衛門によって配下を失った大黒は、呆然と立ち尽くした。それでも強気の姿勢を崩すことなく、

「おのれ、龍神さまの天罰が下《くだ》るぞ！」

と、傲然と言い放った。

「下せるものなら下せ！」

秀太郎は夜空に向かって鐺をしごいた。

そこへ、

「御用だ！」

と、大きな声が轟き渡った。次いで、無数の御用提灯の群れが迫ってくる。

しまった、予定よりも早く捕方がやってきた。

それを見た大黒が、

「町方の方々、よくぞ駆けつけてくださった。わしは鴨川にある龍神大社の宮司、大黒兼好です。こやつら、房州の鮫蔵一味ですぞ。ひとり残らず、お縄にしてくださされ」

抜け抜けと頼んだ。

「嘘ばっかりよ！」

たまらず、松子が大声を出す。

「この女も海賊ですぞ」

という大黒の言葉を真に受けたか、

「御用だ、観念しろ！」

捕方の役人のひとりが、怒声を放った。

秀太郎や助右衛門、それに松子が囲まれた。捕方は突棒《つくぼう》、刺股《さすまた》、袖絡《そでがらみ》といった捕物道具で三人を追いつめる。

そこへ、京四郎が駆け着けた。

「京四郎さま〜」

甘えた声で、松子が助けを求める。

毅然とした態度で、京四郎は捕方たちに告げた。

「そなたらは役目をおこなっておるだけゆえ、手荒な真似はしたくはない。くれぐれも、その場を動くなよ」

雪と風がやみ、月明かりに京四郎の立ち姿が照らしだされる。

片身替わりの小袖を着流し、颯爽《さっそう》と立ち尽くす京四郎は、あたかも白鶴《はくつる》が舞いおりたかのようだ。

捕方は息を呑むばかりだ。

「ならば、お目にかけよう、秘剣雷落とし」

静かに告げると、京四郎は妖刀村正を下段に構えた。

次いで、ゆっくりと切っ先を大上段に向かってすりあげてゆく。

あたりを暗闇が支配した。

暗黒のなか、村正の刀身が妖艶な光を発し、やがて大上段の構えで止まった。

妖光に、片身替わりの小袖が浮かぶ。

左は白地に牡丹が真っ赤な花を咲かせ、右半身は極彩色で描かれた唐獅子が吠えている。

闇夜を切り裂くように、稲妻が奔《はし》った。

動けない捕方を掻き分けるようにして、大黒が京四郎に走り寄った。まるで魅入られたような動きであった。

次の瞬間、雷光と化した村正が、大黒の首筋を打った。大刀が首筋に届く直前、峰が返されていた。

大黒は、前のめりに倒れ伏した。


大黒兼好と鮫蔵一味は捕方に捕縛され、南町奉行所に引きたてられた。

捕物騒動が終わると、ちょうど鮟鱇鍋ができあがっていた。京四郎と松子、秀太郎、それに助右衛門は舌鼓《したつづみ》を打った。

「秀太郎さまの鑓働き、見事のひとことですね」

松子は感激の面持ちで語りかけた。

「少しばかり派手《はで》にやりすぎたか」

秀太郎は照れ笑いを浮かべた。

「じつに、たいしたものです。あれほどの奮戦にもかかわらず、返り血を一滴も浴びておられません」

行灯に照らされた秀太郎の小袖は、濡れて泥にまみれているが、なるほど血痕はない。秀太郎の類稀《たぐいまれ》なる鑓働きを物語っていた。


霜月の二十五日、夢殿屋の客間で、京四郎と松子は唐茄子の安倍川を食べていた。京四郎との約束を果たすため、秀太郎が料理をして届けたのだ。

大黒兼好と鮫蔵一味は打ち首、大黒から賂を受け取った寺社奉行・津島隠岐守は免職のうえ、御家取り潰しとなった。同時に、卯之助が千両箱から取りだし、大黒が持っていた血判状も、無事に公儀の手によって回収された。

誰の名が記してあったのか、おそらく叔父の吉宗にでも聞けば、内々で教えてもらえるかもしれないが、京四郎はすでに興味を失っていた。いずれ幕府の手により、表に出ることなくなんらかの仕置きがなされることだろう。

仁兵衛は、鮫蔵一味捕縛に協力したことが評価され、罪が減じられて八丈島に遠島になった。仁兵衛はしょげるどころか、八丈島の食材で存分に包丁を振るうと張りきっているそうだ。

そして、村木戸秀太郎は、幕府から旗本として一家をかまえるよう勧められ、禄高千石が与えられようとしたが、毅然と断った。

家臣を抱える器ではない、と百両の褒美金だけを受け取り、武者修行の旅に出ることにしたのだ。

「美味いな。秀太郎は、鑓と同様、料理の腕もたしかだ」

唐茄子の切り身を、京四郎は口に放り入れた。

醬油や酒、塩、砂糖、味醂《みりん》で甘辛く煮た唐茄子に、黄粉《きなこ》をまぶしてある。黄金色の唐茄子はいかにも食欲を誘うのだが、松子は手に取ったものの、口をつけていない。

食べる代わりに、「はあ〜」とため息を漏らすばかりだ。

「さては松子、秀太郎に振られて、なにも咽喉を通らないか」

京四郎は容赦ない言葉をかけた。

「振られていません」

松子は頬を膨《ふく》らませた。

「だがひと口も食べずに、ため息ばかり吐いているじゃないか」

口の中を唐茄子でいっぱいにしながら、京四郎は返した。

「どうやって料理をするのかしらって、考えていたんです」

吹っきれたように、松子は次々と唐茄子を食べてゆく。

そこへ、奉公人が錦絵を届けにきた。近日中に売りだす天下の素浪人、徳田京四郎の海賊退治の絵である。

ところが、

「なんだ、徳田京四郎より助太刀浪人、鴨川秀太郎のほうが目立っているじゃないか」

京四郎が不満を言いたてたように、吹雪のなか、鑓を振るう秀太郎の雄姿が真ん中に描かれ、両側で京四郎と助右衛門が奮闘している。

「いつも徳田京四郎が活躍したんでは、飽きられるんですよ。たまには脇にまわったほうが、次回の活躍が引きたつんです」

しれっと松子は答えた。

「次回……おれは引き受けるとは約束していないぜ」

京四郎は抵抗しながらも、松子にうまく乗せられたと笑いがこみあげてきて、次はどんな事件に遭遇するのか楽しみになった。

コスミック・時代文庫

●●●●●●●●●●●●●●●●●●●●●●●●●●●●●●●●●●●●

無敵浪人《むてきろうにん》 徳川京四郎《とくがわきようしろう》

二

天下御免の妖刀殺法

2023年10月25日　初版発行

【著 者】
早見《はやみ》 俊《しゆん》

【発行者】
佐藤広野

【発 行】
株式会社コスミック出版
〒154-0002 東京都世田谷区下馬 6-15-4
代表　TEL.03(5432)7081
営業　TEL.03(5432)7084
　　　FAX.03(5432)7088
編集　TEL.03(5432)7086
　　　FAX.03(5432)7090

【ホームページ】
https://www.cosmicpub.com/

【振替口座】
00110-8-611382

【印刷／製本】
中央精版印刷株式会社

乱丁・落丁本は、小社へ直接お送り下さい。郵送料小社負担にて
お取り替え致します。定価はカバーに表示してあります。

ISBN978-4-7747-6509-9 C0193